青き王子は孤独な蒼王と愛を知る

抱きしめてキスしたくてもこんな場所ではできないし、
心に充ちるしあわせが大きすぎて声もでないので、
かわりに軽く手を握り返した。

青《あお》き王《おう》子《じ》は孤《こ》独《どく》な蒼《そう》玉《ぎょく》と愛《あい》を知《し》る

真《ま》式《しき》マキ

ILLUSTRATION：壱《いち》也《や》

青き王子は孤独な蒼玉と愛を知る

LYNX ROMANCE

CONTENTS

青き王子は孤独な蒼玉と愛を知る

信じていたのだ。

相手が他の誰かであったなら、同じ仕打ちを受けたとしても耐えられたし戦えもしただろう。しかし信じていた男だったからこそ、心が折れた。

不意に、行かなくては、という理解しがたい衝動に駆られた。針のむしろのごとき会議室で、上司や役員から詰問されている真っ最中だ。
なになのかはわからないしなぜなのかも知らないが、抗《あらが》えないほど強く呼ばれているのを感じ、そわそわと落ち着かなくなる。

理不尽な糾弾からようやく解放された昼休み、会議室のドアを開けてすぐにエレベーターに飛び乗り、足早にビルを出た。和以《かずい》にとってその行動は、まるで原生動物がある刺激に向かって蠢《うごめ》き出すような走性に近いものだった。

頭上に広がる春の空は青く、眩《まぶ》しいくらいの陽が降り注いでいた。しかし、目には映れども心にまでは届かない。ああ、今日は晴れているんだな、ぼんやりとそんな味気ないことを思った程度で、雲ひとつない青空を見ても綺麗《きれい》だとも美しいとも感じはしなかった。

午後もまた尋問の続きだ、逃げ出すことは許されない。戻るべきだろう、などと僅かにでも考えられたのは、ビル近くの駐車場に辿《たど》りつきポケットからイグニッションキーを取り出した一瞬のみだった。早く行かなくては、頭の中はすぐにそうした焦りに近い気持ちに占領され、それ以外の思考は意識から追い出されてしまった。

逸《はや》る手で運転席のドアを開け、雑にシートベルトを引っぱる。角度を直す際にちらとバックミラーに映った黒髪の男は、黒い瞳に陰鬱《いんうつ》な色を宿していた。ひどく暗い、すべてに絶望した表情だと、見慣れた自分の顔であるのにまるで他人事《ひとごと》のように思う。

息苦しいネクタイを緩めもしないままエンジンをかけた。どこへ行けばいいのかと思案する前に、操られてでもいるかのように勝手に左手がカーナビゲーションを操作していた。意思とは無関係に動く指先を見てさすがにこれはおかしいと頭の隅《すみ》で感じはしたが、抵抗する理由もないかとほとんど投げやりに、示された目的地へ向かうことにする。

もうなにもかもがどうでもいいのだ。ならばここで意味のわからない現象に身を任せ、結果どんなことが起ころうと構いはしないか。いっそこのままどこか遠い、二度といつもの生活に戻れない場所まで連れていってくれればそれが一番いい。

カーナビゲーションの指示に従い都会を抜け出して、北へ、東へと車を走らせ二時間ほどたったころ、訪れたこともない山の中腹に到着した。もっと奥へ行かなくてはと胸の中でなにかが騒いでいるのに、車道はそこで途切れている。

しかたがないのでエンジンを切り、車はその場に乗り捨て砂利を踏んだ。あたりにはひとけもなく他に走っている車もいないが、むしろこんな山中まで車道が続いていたことのほうが驚きに値するだろう。

徒歩で辿る細い砂利道は、左右から木々の枝が伸び空を覆い隠しているせいで薄暗かった。しんと静まり返った山の中で聞こえるのはおのが革靴が小石を踏む音だけだ。その砂利道も十分ほど歩いたところで消え、あとは、進もうと思えば進めるかもしれないという程度の狭い山道が目の前に続くのみとなった。

　途中、命を大事に、などと書かれた古い看板がいくつか見られたので、自殺者の多い場所なのだと推測された。こんなところにいたら確かに、無慈悲な日々の中なんとか自殺願望を心の奥底に封じ込めてきた理性も脆《もろ》く崩れてしまうかもしれない。名も顔も知らない誰かが過去ここを死に場所に選んできたのだといわれたら納得する。

　ならば、自分もこの場所で死んでしまおうか。二十八年の人生が短いのか長いのかなんて知ったことではないし、自分が命を捨てたところでいまや哀《かな》しむひともいないのだ。

　呼ばれている。その感覚は、都会のビルで不意に芽生えたときよりもさらに強くなっていた。もっと奥へ来い、早く来いと手招きしているものの正体は、あるいは解放という名の虚無へと誘《いざな》う死神か。そう考えたらふっと背にのしかかっていた絶望が軽くなったような気がした。

　行かなくてはという衝動や勝手に動く身体に抗う理由はやはり見つからない。もうどうにでもなれ。それらに身を委ねこんな山の中で命を手放すことになっても後悔はない、というよりきっと楽になれるのだろう。

　うっそうとした山道の前で首かせのようなネクタイを解いて砂利道に落とし、シャツのボタンをいくつか外した。ポケットを探り、御守りがわりにいつでも持ち歩いているサファイアのペンダントを取り出してチェーンを首にかける。青く透き通ったティアドロップ型のサファイアは、縦幅で三センチメートルほどはある大きな石で、大切な母親の形見だ。

　ありがとう、頑張《がんば》るよ、見ていてくれ、ことあるごとに握りしめて亡き母親に語りかけたペンダントトップをいつものようにてのひらで包み、いつもとは違うひと言を囁《ささや》いた。

「ごめんね」

　本当は知っている。人間死ねば終わりなのだから、骨となった母親には息子の声など聞こえない。いまも、いままでも、サファイアを胸に抱いて自分がなんらかの言葉を口に出すのはただの自己満足であり、思いは誰にも届いていない。そう理解してはいても言わずにはいられなかった。

　それからそっと手を離し、ペンダントを揺らして狭い山道へ足を踏み入れた。奥へ、もっと深くまで、心の中に充《み》ちる声ともいえない呼び声に誘われるまま、意味がわからないながらも歩を進める。

　木々の枝を掻《か》き分け、時々けつまずきつつどれほど歩いたころだろう。強力な磁場に引き寄せられるようなその感覚が、不意にすっと遠のいた。あれほど強かった呼び声が急に消えたことにまずは動揺し、次に瞬《まばた》きすらも忘れるほど驚いた。

　首から下げていたサファイアのペンダントトップが、ふわりと浮いたのだ。

目の前に浮遊するサファイアを見つめぽかんと口を開けてしまった。重力ってなんだっけ、混乱する頭でそんなことを考えたときに、今度は強烈な目眩《めまい》に襲われた。とてもではないがまともに立っていられない、どころか呼吸をすることさえままならない。

これはなんだ。なにが起こっているんだ？

目眩がひどくなるにつれ思考や感覚が薄れていく。なすすべもなく地面に倒れ完全に意識を失う直前、最後に目に映ったサファイアが小さく光ったように見えたのは気のせいか。


はじめに蘇ったのは聴覚だった。

声が聞こえる。何人もの男の声だ。それらは妙に緊迫した色を帯びており、まだぼんやりとしている意識でも場に充ちる穏やかならぬ雰囲気は感じ取れた。

次に取り戻したのは平衡感覚と、触覚、痛覚だ。自分はどうやら仰向《あおむ》けに倒れているらしい。背が痛いので石だとか岩だとかの上なのだと思う。少なくともやわらかいベッドや絨毯《じゅうたん》に寝転がっているのではないだろう。

そこでようやく、重たい瞼《まぶた》をなんとか上げると、明るい空が見えた。昼間だ。ついでにこちらを緊張した面持ちで覗《のぞ》き込んでいる数人の男の顔も視界に入った。

彼らは見たこともない姿をしていた。焦茶色の革鎧《かわよろい》を身につけ、各々サーベルやスピアを手にしている。顔立ちは西洋風で、古い外国を描いた映画かファンタジー色の強いゲームの登場人物のようだった。日本で平凡な社会人をしている人間ならばまず目にはしない。

なにより男たちの髪の色、瞳の色が、和以にとってはまったく未知のものだった。美しいブルーだ。瞳ならともかく、地球は広いとはいえ、青い色の髪を持つ人種などいないと思う。

一方、聞こえてくる言語は聞き知ったものだったが、彼らの会話の内容はわからなかった。『グラヴィ』だ、本物の『グラヴィ』が現れた、王に知らせろ、目を開けた和以を凝視する男たちから、周囲に集まる人々にそんなざわめきが伝わっていくのがわかっても、彼らが口に出すセリフの意味はさっぱり理解できない。

そういえば自分はなにかに呼ばれるかのように会社を抜け出し山を訪れたのだった。もう死んでしまおうかと狭い山道へ踏み入って、そこで強い目眩を覚えて意識が途切れた。母の形見であるサファイアのペンダントがふわりと浮き光ったように記憶している。あれは気を失う瞬間の脳の混乱が見せた幻だったのだろうか。

などと考えていると、兵士、と表現してもいいだろう武装した男たちに強く腕を掴《つか》まれ引き起こされた。されるがままによろよろと立ちあがり、そこで和以は今度こそ目を見開いた。目前にそびえていたのはまさに、映画でしか見たことのないような石造りの城だった。巨大とまではいわなくとも充分に大きく重厚感があり、かつ美しい。

建築様式などには明るくないので詳しいところはわからないが、いわゆる日本の城ではなく、西洋の造りのものだ。左右、前後にいくつかの塔が立ち並び、中央には大きな主塔が見える。首を横に振ってまわりを見ると自分が城壁の内側にいることがわかった。自分は城門から主塔へと続く石造りの道にひっくり返っていたらしい。

　ここはどこだ。なぜこんなところにいる？　居心地の悪い会議室で、行かなくてはという強い衝動に襲われビルを飛び出した自分は、もしかしたらこの場所に呼ばれていたのか。山の奥で手招きをしていたのは死神ではなく大きな城か？　混乱する頭で考えても、自らの身になにが起こっているのかこれっぽっちも把握できない。

　左右の腕をがっちりと摑んだ兵士たちに引きずり込まれた城の中もまた美しかった。壁や高い天井には繊細な彫刻が施されており、規則的に配置された廊下や螺旋《らせん》階段の造りも洗練されている。

　そして、兵士に囲まれ引きずられるままにいくつか階段を上った先、迷路のような廊下の奥には、ひときわ重々しげな階段が真《ま》っ直《す》ぐに伸びていた。妙な威圧感を覚えたのは、両脇にいかにも腕の立ちそうな兵士がふたり立っているせいかもしれない。

　和以を囲んでいた兵士のひとりがその兵士に何事かを耳打ちすると、彼はまず驚きの表情を浮かべ、次にじっと和以を見た。それからなにを考えたのかひとつ頷《うなず》き、まるで人質を受け取るがごとく、先までの兵士よりもさらに遠慮のない力で和以の腕を摑み階段へ引っぱった。

　幾度かつまずきながらもふたりの兵士に従いなんとか階段を上った。なにがどうなっていま自分がここにいるのかまったく理解できない。とはいえこんなふうに扱われていてはとても逆らえるものではない。下手に動けば彼らの持つ武器で串刺しにされてしまいそうだった。

階段を上り切ったところには、がっちりとした扉があった。広間の壁に見たよりも緻密《ちみつ》な彫刻で飾られており、近寄りがたさを感じさせる。

これがゲームだったらこの奥には王様か魔物がいるだろう、と和以がなんとなく思った通り、そこで兵士のひとりが声を張りこう言った。

「オズウェルド王。『グラヴィ』を連れてまいりました」

グラヴィ。石造りの道に倒れていたときにも兵士たちの口から聞いた単語だ。しかし意味はわからない。扉の向こうから聞こえてきた、入れ、という声に従い、ふたりの兵士は和以の腕を掴んだままゆっくりと扉を開けた。

扉の向こうは正方形の広い部屋になっていた。壁一面はベルベットなのか艶のある深い赤色の布で覆われている。サーベルやスピアといった武器がいくつか並んでいるだけで調度品はほとんどなく、部屋の中央に、壁と同じ赤い布が張られた大きな椅子があった。

その椅子にひとりの男が高く脚を組んで座っていた。年の頃《ころ》は三十を超えたころか、顔立ちは非常に端整だ。背に流された綺麗に波打つ長い髪は兵士たちと等しく青色で、同色の瞳には冷たく鋭い光がある。

彼は武装はしていなかった。ドレープの美しいシャツと細身のボトムに、上品な刺繍《ししゅう》が施された長いマントを身につけているだけだ。いずれも色は真っ白で、首からチェーンでつるされた胸もとのルビーらしき赤い石が目立つ。和以が身につけているサファイアと同じくらいには大きな宝石だ。

ごてごてと着飾ってはいなくとも、彼がこの城の王様なのだということはひと目でわかった。左右、背後に直立している金属鎧を身につけた護衛らしき兵士がいるからというわけでもない。雰囲気だ。彼からは、高貴だとか品位があるだとかいうよりももっと強烈な、権力を手にするもののみがまとう空気が滲《にじ》み出ていた。

つまりこの部屋は紛《まご》うことなく、和以が先刻考えたように城の要である玉座の間だ。

「なるほど。聞いていた通りこの国では見ない姿をしている。此度《こたび》の『グラヴィ』は髪も瞳も黒いのか」

彼の声は見た目を裏切らず威圧的で、かつひややかだった。相手を射るような眼差《まなざ》しでじっと見つめられ鳥肌が立つ。この城の主《あるじ》はこうした鋭利で冷たい男であり、少なくとも優しく穏やかな長《おさ》ではないのだろう。それくらいは姿と表情、口調からだけでも察せられた。

「縛れ。『グラヴィ』とはいえ正体不明のものだ、なにをするかわからない」

オズウェルドは、和以を玉座の間まで引きずってきた兵士に冷めた声でそう指示をした。配下に対して労《ねぎら》いの言葉ひとつない、いかにも傲慢《ごうまん》な態度だと思う。

兵士は命令されるままロープで和以を後ろ手に拘束した。一応の抵抗はしたもののまず体格が違うのだし、力では到底敵《かな》わない。

そうして和以の自由を奪ったのち、もっと近くへ連れてこいというようにオズウェルドは指先で兵士を呼んだ。玉座の目の前に突き出された和以が、手首を縛られているせいでバランスを崩し床に膝をついても、助け起こしてくれるものはいない。王の足もとにひざまずく自分はまるで奴隷か道具のようだと思い、そこで、ひととき忘れていた絶望感が蘇った。

来る日も来る日も上司や役員たちから責め立てられていた会社でも、このわけのわからない世界でも、自分は道具にすぎないのだ。すべて夢であればいいのに、目に映る光景にも肌に食い込むロープの痛みにも明らかに現実感があり、次の瞬間はっと目が覚めるなんてことはないのだろう。

呼び寄せられるように会社から逃げ、足を運んだ山奥で意識を失い、この見慣れぬ、異世界、としか表現しようもない場所へ辿りついた。まるで小説か映画みたいななりゆきを、まだ頭ではすっかり理解することはできなくても、実感としては受け入れざるをえない。

そしてまたこの惨めな扱いだ。もうどこにも自分が自分らしくいられる場所などないし、自分を大切に思ってくれるものもいないのだ。

脱力している和以を黙って眺めていたオズウェルドは、先と同様に指先だけでふたりの兵士を扉の向こうに下がらせた。身動きひとつしない三人の護衛、立ちあがりもしない王、そしてその前にひざまずく和以がいるのみとなった玉座の間が、息苦しいくらいに静まり返る。

それからどれほどたったころか、オズウェルドが沈黙を破り口を開いた。

「私たち王族には、異世界から訪れる『グラヴィ』は所有するものに強大な力をもたらす、と伝えられている。民のあいだでは御伽話《おとぎばなし》にすぎないのだろうが、我々はそれが事実であると代々教えられてきた」

真っ直ぐな視線を和以に向けたままそう続けた彼に、左に立っていた護衛が声をかけた。

「オズウェルド様が王位にある時代に『グラヴィ』が現れたのは、おそらく王としての力をさらに絶対的なものとするためでしょう」

「『グラヴィ』がいつ、なぜ現れるのかは我々にもわからない。前回現れたのは数百年も前だと聞いている。それがいま目の前にあるのならば幸運というべきか」

「オズウェルド様こそが数百年ぶりの力を得るに相応《ふさわ》しいと、我が国ルトナークが判断したのです」

また、グラヴィ、か。しかも、いまいち理解できないがその単語は自分を指しているのか？

オズウェルドと呼ばれる王と護衛の会話を聞いても、内容はさっぱりわからなかった。ルトナークなどという国は和以の知る世界地図のどこにもないし、そもそもこんな時代錯誤な王様だの城だのが現代に実存しているなんて信じられない。しかしさすがに、彼らが自分を『グラヴィ』なるものであると考えていることは把握できた。

所有するものに強大な力をもたらすと伝えられている『グラヴィ』、彼らは自分をそれだと言っているのか。

「おまえは『グラヴィ』なのだろう。私に『グラヴィ』の力をよこせ」

オズウェルドからそう告げられてつい眉をひそめ、そののちに力なく首を左右に振って答えた。

「知らない……」

短い返事には嘘《うそ》はなかった。自分は『グラヴィ』とやらではない、と言いたかったわけではなく、たとえこの世界では違《たが》わず『グラヴィ』と呼ばれる存在なのだとしても、力を与える方法など知らないという意味だ。だからなにを命令されたところで応じられない。

「『グラヴィ』を手に入れればすなわち強大な力が手に入る。そう伝えられてはいるが、どうすれば力を得られるのか、その方法までは伝わっていない」

和以の返答をどのように受け取ったのか、オズウェルドは脚を組み直し続けた。

「おまえが知らないと言い張るつもりならば、私が方法を考えてやろう。さて刻んで食えばいいのか、それとも生き血を浴びようか。どれだけ痛めつければおまえは私にとって有益なものとなるのだろうな。無駄に苦しみたくないのなら素直に私に力を与えろ」

彼のセリフに覚えたのは恐怖ではなく、やはり絶望感だった。道具にされるというよりまさに食い物にされるのか。もう死んでしまおうかと山道に踏み入ったのだ、切り刻まれようが血を搾り取られようがいまさらどうでもいい、そんな投げやりなことを思う。

自分にはもはや生きている意味もない。

「……刻んで食うなり生き血を浴びるなり、好きにしろよ」

溜息《ためいき》交じりに低く返すと、そこでオズウェルドが小さく首を傾《かし》げた。和以が身につけているサファイアのペンダントをようやく気に留めたのか、胸もとを指さして怪訝《けげん》そうに眉をひそめる。

「それはなんだ」

部屋の外から不穏な騒ぎが伝わってきたのはそのときだった。ひとの声、刃物がぶつかりあう音、それらがあっというまに近づいてくる。

王を守る護衛がオズウェルドの前に立ちサーベルを抜いたところで、玉座の間の扉が勢いよく開いた。そこから真っ直ぐに部屋へ踏み込んできたのは、思わず目を奪われるような美しい男だった。

他のものと等しく瞳は青い。無造作に後ろへ流している肩より少し長い髪もまた深みのあるブルーで、いくらか乱れたさまがかえって男の美貌《びぼう》を引き立てていた。和以より年下、おそらくは二十代半ばだろう。背後に武装した五人の兵士を連れている。

真っ白な衣服を身につけているオズウェルドとは対照的に、彼は真っ黒な姿をしていた。引き締まった身体を包むシャツとぴったりとした革のボトムのみならず、編みあげのロングブーツや肩から胸の半ばまでを覆う金属製の胸当ても黒く、右手に持つサーベルと左手に握ったダガーのみが銀色に光っている。

軽装備の男とは異なり、その後ろに控える兵士は、要所に金属部品が打ち込まれている黒い革鎧をきっちりとまとっていた。あるものはサーベル、あるものはスピアを構えている。部屋の外ではまだ騒ぎが続いているらしく、扉が開かれたせいで先ほどよりはっきりと剣を交える音が聞こえてきた。

男は幾ばくか傷を負っているようで、シャツをまくりあげた逞《たくま》しい腕に血が滲んでいた。また彼が連れた兵士の革鎧もところどころが切り裂かれている。どう見ても穏やかならぬ様子から、彼らがこの玉座の間まで武力で強引に押し入ってきた招かざる侵入者、つまりはオズウェルドにとっての敵にあたるものであることは容易に察せられた。

「レイシュアか。あまりにもタイミングがよい。『グラヴィ』が現れたことをどこで知ったのか」

サーベルを構える三人の護衛の後ろで、立ちあがりもしないままひややかにオズウェルドがそう言った。迷いもなく名を口に出したからには、王は真っ黒な侵入者を見知っているということだ。

レイシュア、と呼ばれた男はオズウェルドの言葉に答える声は発さずただ鋭い視線を返した。そののちに怯《ひる》みのない足取りでオズウェルドの前に歩み寄る。

真っ直ぐに王を睨《にら》む彼の瞳には、欠いているのか秘めているのか、これといって感情らしきものは浮かんでいなかった。なにを目論《もくろ》んでいるのかわからないという意味での怖さはある。それでも和以はそんな男の目を、まるで雲ひとつない青空が映る宝石みたいに綺麗だと感じた。おそらくは、情の生み出す陰影が映り込んでいないからこそ澄んで見えるのだと思う。

オズウェルドに近づくレイシュアを守るように、背後に控えていた他の侵入者たちが足を踏み出し武器をかざした。人数としてはレイシュア勢のほうが多い。しかしオズウェルドの護衛が振り下ろすサーベルは、彼らの構える武器の隙間を縫いレイシュアにまで届いた。

レイシュアの髪を剣先が掠《かす》め、見ている和以が思わずひやりとする。だがその瞬間、レイシュアは最低限の動きだけで自らへ向けられるサーベルを器用に避《よ》けた。無駄に血を見たくないのか単に力を温存したいのか、レイシュアの手勢とオズウェルドの護衛が武器をぶつけあわせる中、彼が、護衛を倒すのではなくとりあえずかわそうとしていることは和以にも伝わってきた。

自身に迫る刃《やいば》を左手のダガーで受け流しつつオズウェルドの目前まで詰め寄ったレイシュアは、そこで右手のサーベルを鞘《さや》に収めた。この状況で武器をしまう意味がわからずついまじまじと見ていると、次にレイシュアは迷いのない様子で和以に手を伸ばしてきた。

　強い力で腕を引かれ肩に荷物のように担がれて、レイシュアの狙いは王ではなく自分、すなわち『グラヴィ』なのだと理解したのは、その背が玉座に向けられてからだった。ひとひとり連れ去るにはサーベルが邪魔だったらしい。

「城へ乗り込んでくるとは大した度胸だ、レイシュア。おまえがこのまま『グラヴィ』を奪い逃げ切れるのか、私はここで見物していよう。馬か鹿のごとくせいぜい走り回ってみせろ」

　オズウェルドは剣を取ることもなく、玉座に腰かけたまま冷めた口調でそう言った。突如現れた男の肩に担がれているせいでその表情まで見る余裕はなかったが、自身と三人の護衛だけでは、この場でレイシュアと彼の連れた兵士を捕らえることはできないと判断したのだろう。

　もがいて男から逃れるべきか、このまま大人しくしていたほうがいいのか、混乱する頭で考え後者を選択することにした。物騒なセリフを口に出す王のもとにいるのと謎の侵入者に連れ去られるのとどちらがよいのか計算した、というよりも、どうせ自分はどこにいてもろくな目にあわないのだろうからなるようになれ、そんな諦めに近かった。

　自分の価値は知らないが、珍しい道具ならば取りあって勝ったほうが使えばいいのだ。縛りあげられたり強引に担がれたりと、ここまでの扱いを見る限り、道具の意思など彼らにとっては関心もないものであるに違いない。力で敵う相手だとも思えないし、ならば無意味に抗ってもただ疲れるだけだ。

結局レイシュアは城内ではひと言も声を発しなかった。玉座の間まで侵入した五人、および外で剣を振るっていた仲間らしき十人ほどの兵士とともに、迷うでもなく廊下を辿り城の裏手へと向かう。

　レイシュアの手勢はあっけにとられるほど強かった。城に何人の兵がいるのか知らずとも、彼らが数で劣ることは考えなくてもわかる。その圧倒的に不利な中でも怯むことなく受け身に回りもせず確実に歩を進めている。

　さすがに傷を負いながらも、彼らはひとりとして欠けることなく裏門より城外へ脱出した。行く先がはっきりしているらしく、まだ追ってくる城の兵士を追い払いつつ足早にどこかへ向かっている。武力に秀でているのみならず、城内部の構造、また城壁外の状況をも把握しているからこそできる芸当だと、わけもわからず男の肩に抱えられたまま考えた。

　城を出てからしばらくたったところで、水の音と、低いながらもよく通る男の声が聞こえてきた。

「レイシュア様！　こちらへ」

　声のした方向に視線をやったら、広い川に浮かんだ小ぶりの漕船《そうせん》の前に立つ武装した男が、片手を上げている姿が見えた。五人の兵士を従えた彼はやはり他のものと同様髪や瞳は青色で、銀縁の眼鏡をかけた顔からはいかにも知的な印象を受けた。三十代半ばといったところか、レイシュアも相当の長身だがそれを越すくらいに背が高い。

　男たちと合流したレイシュアおよび彼の連れた兵士、総勢二十人ほどは、三組に分かれて漕船に乗り込んだ。レイシュアは特に迷わず、銀縁眼鏡の男とともに先頭の一艘《そう》に和以を抱えたまま上船した。

三艘の中では比較的大きな、十人弱は乗れる船だ。

眼鏡の男の指揮で漕船が動き出したところで、ようやく和以はレイシュアの肩から降ろされた。不自然な体勢を取らされていたせいであちこちが痛く、自由なはずの足も思うように動かない。加えて後ろ手に縛られた身体ではうまくバランスが取れず、不安定な船の上で危なっかしくよろめくと、レイシュアに腰のあたりへ腕を回されがっしりと支えられた。

そうするのが当たり前といった彼の自然なふるまいに少し驚いた。レイシュアはオズウェルドとは違い自分を奴隷か道具のごとくひざまずかせはしないのだ、と思ったら、投げやりだった心にいまさらの小さな狼狽《ろうばい》と安堵《あんど》が、同時に湧いてくる。

「エル。状況は」

玉座の間から終始無言だったレイシュアがはじめて口を開いたのは、船から見える城が遠のいてからだった。その瞳と同様に感情を欠く、あるいは秘めるような硬い声は、それゆえにこそかひどく澄んでいるように感じられた。

「計画通りですよ。この三艘の漕船が城の所有するものの中では最も小回りがきくものでしょう、なので少々強引に拝借しました。現在城にある他の船は手分けして壊しておきましたから、敵も追ってはこられません」

エル、と呼ばれた長身の男が答えたその言葉から、やはりレイシュアとオズウェルドは敵対するもの同士なのだと知れる。また、和以にとってのごく普通の日常から何世紀もの時間をさかのぼったかのようなこの世界には、車や電車といった近代的な乗物はないらしいことも推察された。であれば移動手段として船は有用なものだろう。

　腰を抱かれていてもなお身体をぐらつかせている和以を木の箱に座らせたレイシュアが、ひとつ頷いて返したのを認め、エルは続けた。

「兵士の目から逃れるために入り組んだ水路を使い、一度北東の山間にある湖に出ます。あのあたりはオズウェルドの兵も監視していませんので。この船は湖で乗り捨てます。そこからひとけのない山と森を通りアジトへ戻れば城のものに見つかるおそれはないでしょう」

「それでいい」

「まあなにはともあれ、この手荒なやりかたで全員生き残れて本当によかったですよ。あまりにも急でしたから、参謀として現状における最良の策が提案できたか少々不安でしたが、みな無事でなによりです。目論見通り『グラヴィ』もここにいますしね」

　エルのセリフにレイシュアは僅かばかり難しげな顔をした。無事とはいっても無傷ではない、と言いたかったのかもしれない。しかし彼はすぐにその表情を消し、負ったダメージについては言及せず淡々とこう説明した。

「城は『グラヴィ』の出現で浮き足立っていた。そこへの不意打ちだったからなんとか突破できたのだろう。我々は『グラヴィ』を連れ出すので精一杯だった。城内を端々まで探る余力も、オズウェルドに刃を向ける余裕もなかった。やつの護衛の剣は重い、三人並ばれたら王にまで手が届かない」

そうでしょうね、もしくは、しかたがないですよ、というようにエルは小さく肩をすくめた。口に出さなかったのは、参謀の立場であるおのれがいまここでどうこう言うことではないという意味だと思う。

「私には今少し力が足りない。だが、『グラヴィ』がこちらの手にあれば、あるいは」

水路の先に目をやり半ば独り言の口調でレイシュアはそう呟《つぶや》き、それから不意に、木の箱に座っている和以へ視線を移した。まったくぶれのない眼差しで真っ直ぐに見つめられて、ついびくりと肩を強《こわ》ばらせる。

はじめて真正面から向かいあった彼は、改めて、実に美しい男だった。ひんやりとした印象を受ける顔立ちは、まるで異国の絵画から抜け出してきたかのように整っており、肩にかかる長さの青い髪がよく似合う。過去に見たことがないほどの美貌を前にしているせいか、あるいはあまりにも遠慮ない視線を向けられているためなのか、妙に緊張した。

玉座の間でもそうだったように、彼の青い瞳からは、欠いているのかあえて消しているのか感情がうかがえない。だからなのかやはりひどく澄んだ目をしているなとまた思った。雲ひとつない青空が映る宝石みたいに綺麗だ、あのときにもそんなことを考えたのだ。この男は瞳も声も、なんだか少し奇異に感じるくらいに濁りなく透き通っている。

そこでふと、微かな引っかかりを覚えて和以は幾度か目を瞬《またた》かせた。

誰かに似ている？

「私はレイシュア・アズバルグだ。『グラヴィ』よ、おまえの名は」

「……和以だ。君島《きみしま》和以」

特に優しくも、また冷たくもない平坦な口調で問われ、別に隠すことでもないかと素直に答えた。そうしてから、このおかしな世界で目覚めてのちはじめて自分が名乗ったことに気がつく。オズウェルドからは訊《き》かれもしなかったので、名を告げる場面がなかったのだ。

この男は、あの真っ白な王様とは違い自分の名を知ろうとしているのか。玉座の間で否《いや》も応もなく荷物のように担がれたときには、また道具扱いかとうんざりもしたが、レイシュアにはそんな意識はないのかもしれない。

先の言葉通り彼は『グラヴィ』を連れ出すので精一杯だっただけなのだろう。その証拠に、少なくとも名前を訊《たず》ねる程度には和以をひとりの人間として見ている。

この土地では聞き慣れない名なのか、レイシュアは「カズイ、か」と自らに覚え込ませるような口調でくり返してから、真っ直ぐに和以を見つめたままこう言った。

「私はおまえを少々乱暴に扱ってしまったな、カズイ。本意ではない、余裕がなかった。だが、私にはどうしてもオズウェルドからおまえを奪う必要があった」

少々ではなく相当乱暴だったと言いたくはなったものの、本意ではないとつけ足されては口に出しづらい。なのでそれについては触れず「君は何者なんだ？」とただ単純に問うたら、レイシュアはごまかすでももったいぶるでもなく、はっきりとした声でこう告げた。

「私は現王の命を狙う反逆者だ。いまこの船にいるものはみな仲間で、私がリーダーを務めている」

レイシュアの一行はエルの提案通り、三十分ほどをかけ複雑に入り組んだ水路を右へ左へと進んだのち、山間の湖へ出た。湖は想像していたより広く周囲には山が連なるばかりで、エルの言っていたように兵の監視もないどころか、目をこらしてもひとの姿はひとりも見えなかった。

「『グラヴィ』は異世界から訪れるものと伝えられている。おまえにとってここは知らぬ地だ、慣れないだろうが我々のアジトまでつきあってくれ」

湖面を走る船の上で、レイシュアは木箱に座る和以の隣に立ち、向かう先へ目をやり淡々と言った。そのころには和以の緊張も大分薄れていた。

手首を縛るロープは解かれる様子がないにせよ、奴隷のごとく拘束したいというわけでなく、万が一いま和以が逃げ出せば船から落ちて危険だから念のため、といった程度の意味ではないか。まだその人柄を把握はできないとしても、レイシュアが自分を雑に扱おうとはしていないことはわかる。

「とはいえそう時間はかからないはずだ。そもそもこの国ルトナークは小さな島国であるし、また、アジトがあるのは城からさほど遠いところではない」

和以にとってはまったくの未知な事柄について説明するレイシュアの声と、水の音、船上で聞こえるのはほとんどそれのみだった。時折エルがオールを漕ぐ仲間に方向を指示する声が紛れ込むくらいで、あとは静かだ。城からは逃げ出せたとはいえ作戦の最中であるから、リーダーと参謀以外の仲間は私語を控えているのかもしれない。

「君たちは反逆軍なんだろう？　そのアジトが城の近くにあるのか？　王様の兵隊に見つからないか」

見た限り年下だしそのほうが互いに喋《しゃべ》りやすいかと敬語は使わずに、レイシュアのセリフに覚えた疑問を声にした。自分は彼の手勢ではないのだから妙にかしこまるのもおかしな気がする。

「我々は、城の東に広がる森の奥深くにある洞窟に隠れ住んでいる。しかし、オズウェルドの手のものに見つかる可能性は非常に低いと考えている。当然用心はするが、それほど心配はしていない」

レイシュアはちらと和以に視線を向け、すぐに前へ戻して答えた。

「森はむかしから凶暴な野生動物がまま現れる、城の兵士たちにとっても危険な場所だ。そんなところに誰かが身を潜めて暮らしていると考えるものはまずいない。さらには城に忍ばせている内通者たちがうまく手を回しているので、兵の見張りの目は届いていない」

「レイシュア様。そろそろこの船は捨てますよ。あとはアジトまで徒歩です」

レイシュアの説明が一区切りしたころ、湖の岸に船を寄せてエルがそう言った。レイシュアはひとつ頷き木箱から和以を立ちあがらせ、腰に腕を回して船から下りるよう促した。それが先ほどと同じくあまりにも自然な態度だったものだから、たとえ無駄であれ抵抗を示すべきか、という選択肢は頭から捨てることにした。

優しい、とまでは思わない。あたたかくもない。口調は素っ気ないし表情も硬い、どちらかといえばひんやりと冷めた男に見える。だが、少なくとも和以をものではなく人間として扱ってはいる。

玉座の間で、どうせ自分はどこにいてもろくな目にあわないだろうからなるようになれと投げやりに考えた。誰にとっても自分は道具にすぎないのだと感じていた。しかしレイシュアが自分をひととして見てくれるのなら、さて刻んで食えばいいのかそれとも生き血を浴びようかなどとうそぶいた王様のもとにいるよりは、彼に連れられていたほうがいくらかはましなのかもしれない。

二十人ほどの仲間がすべて下船してから、エルは三艘の漕船を湖へ放した。水の流れに乗って岸から遠のく船を見送り、あとはアジトまで徒歩です、と言ったエルの策に従わざるをえないのだと改めて知る。大人しく木箱に座っていればよいというわけにはいかないらしい。

陸路は、はじめのうちは険しい山道だった。後ろ手に縛られた状態でひょいひょい登るなんて芸当ができるわけもない。それはレイシュアにも当然わかっているはずだが、彼は和以の手首に食い込むロープを解こうとはしなかった。ときにつまずきながらおっかなびっくり歩を進める和以の腰を抱き、半ば強引に山道を歩かせる。

せめて両手が自由になれば少しは楽に動けるのに、なぜこんな無理を強いるのだとうんざりした。そんな心中が表情に出ていたのか、それともおのがふるまいの理由をただ伝えたかっただけなのか、レイシュアはちらと和以の顔を見たあと淡々とこう言った。

「このような場所でおまえに逃げ出されては互いに困る。私はおまえを追わねばならないし、かろうじておまえが逃げ切れたとしても知らぬ山中で野垂れ死ぬだけだ。だから拘束はまだ解けない。理解してくれ」

　彼のセリフから、逃げませんと主張したところで意味がないことはわかったので、声は密かな溜息に変えた。きっとこの男は、和以がなにを言っても理解してくれとくり返すだけだろう。少ない手勢で城に乗り込み傷を負いつつもなんとか奪ってきた『グラヴィ』とやらを、万が一にも彼は失うわけにはいかないのだ。

　そうして引きずられるように山道を進みしばらくすると、僅かに視界が開け、道から勾配がなくなった。ようやくまともに歩けるようになり、和以にも少しの余裕が生まれた。腰にレイシュアの腕を回されたまま首を左右に振り周囲を眺める。

　木々の合間から、遠方に位置する町が認められた。都会のビル街に慣れた和以から見れば田舎町ではあるが、ひとの姿はそれなりに多いので、この世界にある町としては栄えているほうなのかもしれない。

　目をこらすと、武装した兵士が数人歩いているのが確認できた。城で自分を囲んでいた兵士たちと同じく焦茶色の革鎧を身につけ、サーベルやスピアを手にしている。そして、そのまわりの人々はみな彼らを恐れるようにうつむきのろのろと歩を進めていた。

「この国はいま王の独裁下にある」

　ずいぶんと生気のない町だ、そんなことを考えていると、和以の隣でレイシュアが言った。

「官僚は誰も王に異論を唱えられず、兵役により集められた兵士は逆らうことを許されない王の手足にさせられる。彼らに四六時中見張られている民たちに自由はなく、王の横暴に怯《おび》え萎縮するのみだ。人々にそのような生活を強いる現王は玉座に相応しいとはいえない」

彼のセリフに、なるほど確かにオズウェルドはいかにも傲慢な王様だったなと、真っ白な衣装の胸に赤い宝石を光らせていた男の姿を脳裏に蘇らせた。町でうつむき歩く人々を改めて見つめ、まるで奴隷か道具のようだと思う。

彼らの姿は、ビルの建ち並ぶ街で絶望していた自分と重なった。希望もない、夢もない、生き抜く力さえも手足の先から抜けていく。

なんだか複雑な気分になった。レイシュアの言う通り、国にこんな状態をもたらしている王様は、国民の長に相応しくはないのだろう。先に聞かされた反逆者という言葉が正確なのかそうでないのかはさておき、その王を倒そうとしているレイシュアを、単純に、いわゆる悪者といってしまうのはちょっと違うのかもしれない。

いくらか視界が開けていたのは少しのあいだのみで、そのあと一行は深い森に入った。ここがレイシュアたちの隠れている城の東の森であるらしい。

木々のあいだを縫い進む先には、いっそ死んでしまおうかと和以が踏み入ったあの山にはあった狭い道すらなかった。エルを含め約二十人ほどの兵士たちが、ことあればリーダーに手は届くがそれ以上近寄らない程度に散らばって目的地を目指しているのは、みなが同じ場所を歩くとその形跡があいった道となって残り他人に気づかれてしまう危険性があるため、不用意に集まるのを避けているのだろう。

　山道でそうしたのと同様にレイシュアは、落ちた枝や枯れ葉に足を取られいちいち転びそうになる和以の腰をがっちりと支え、やや強引に歩かせた。誰もが無言で先を急ぐ中、ちょっと休ませてくれと言えるほどの度胸もなく、諦めてレイシュアの腕に促される通りなんとか歩を進める。

　ようやっと彼らのアジトに辿りついたのは、息が切れ足も痛くなってきたころだった。聞かされた通りレイシュアたちの隠れ家は森の奥深くに位置しており、入り口はそうとわからないよう木や草で覆われていた。

　なにもない、としか思えない場所で唐突に身を屈《かが》めたレイシュアが地面に手を伸ばし、ただそこに落ちているように見えるなんの変哲もない木の枝を摑んで引っぱると、草木で隠された分厚い扉が開きその場にぽっかりと穴があいたので驚いた。つい「なんだこれ」と間の抜けた声を洩《も》らした和以に、レイシュアは相変わらず淡々とした口調で言った。

「ここが我々のアジトだ。見張りの目は届いていないとしても、王の手のものが絶対に森へ入ってこないとは言い切れないので、入り口はこうして隠している。扉は凶暴な野生動物の侵入を防ぐためのものだ」

　聞けば納得できる説明だったので頷いてみせた和以を、レイシュアは開けた扉からアジトの中へ通した。地中へ続く階段や内部を照らすために取りつけられた蠟燭《ろうそく》にはひとの手が入っているが、そこは明らかに自然洞窟で、目の届く範囲から推測する限りでも相当広いように感じられる。

とはいえ洞窟が実際にどれほど深くまで続いているのか眺めて歩く余裕は与えられなかった。レイシュアは、きょろきょろとあたりを見渡している和以の腰を抱き直し、すぐに洞窟内の広い一室へと連れ込んだ。

どのような自然の力が働いたのかそこはまさに、部屋、と呼ぶべき間だった。この洞窟はこうした間がいくつも連なって形成されているのかもしれない。

広間へ足を踏み入れたのはレイシュアと彼に連れられた和以、エルの三人のみで、他の仲間は違う場所へと移動したようだった。レインュアの「エル」という短いセリフに応じた参謀が、懐からナイフを取り出し和以の背後へ回る。

さすがに身体が強ばったが、そのすぐあとに手首へ食い込んでいたロープの感触が消えるのがわかり、ほっと力が抜けた。どうやら単にロープを切り拘束を解いてくれただけらしい。

万が一にも逃がすわけにはいかないからと後ろ手に拘束したまま和以をここまで連れてきたレイシュアが、ようやく拘束を解くという判断をした。つまり、このアジトへ連れ込んでしまえば和以は簡単には逃げられない、彼はそう考えているのだろう。

「『グラヴィ』はこの国のものとは異なる姿を持つと伝えられている。確かにその黒い髪も瞳も過去に見たことがない。我が国ルトナークはもちろん他国にもいない」

サーベルを収めた鞘を床に置いてから、数歩の距離を置いて向かいに立ちそう言ったレイシュアの表情は、まだ洞窟の薄暗さに慣れない目ではよく見えなかった。なにせ室内を照らすのはゆらゆらと揺れる頼りない蠟燭の明かりだけなのだ。ここをアジトとしている彼らとは違い、早朝でも夜中でも照明で常に明るい都会で生きてきたのだからしかたがない。

　黒い髪も瞳も見たことがないというレイシュアの言葉は理解できるものだった。この国に暮らす人々は見た限り誰もが青色の髪、瞳を持っている。自分がそのさまを不可思議だと感じるように、彼らからすればこの黒髪も目も異質なものに見えるのだろう。だからこそ城の兵も王様も、またレイシュアも、和以を異世界から訪れた『グラヴィ』だとひと目で判断し、信じて疑わないのだ。

「服装も知らないな。しかしそれ以外は我々と同じ普通の人間だ。だが、光を見失ったかのようなひどく暗い目をしている」

　続けられたレイシュアの言葉にまず少し驚き、次に溜息をついた。オズウェルド王とは異なりこの男は自分を道具扱いはしていない、何度か感じた通りそれは事実だと思う。

　とはいえ、今日はじめて出会ったものに、面と向かって暗い目をしているなどと言わなくてもいいではないか。レイシュアという人物は感じたままを口に出す子どもみたいに素直な男なのか、そうではなく単に無神経なのかいまいちわからない。

　あるいはこの男はひとの気持ちをおもんぱかることが不得手なのか？　会ったばかりの他人にずかずか踏み込まれたくないなんて感情は、たいていの人間が持っているごく一般的なものだろうに、それを知らないのか。彼の遠慮ない発言は、悪意があるというのではなく、ただただおのれの思考に正直であるがゆえのものなのかもしれない。

光を見失ったかのようなひどく暗い目をしている。レイシュアの言い分を頭の中でくり返し、そうなのだろうなと納得はした。二十八年生きてきた世界で、死んでしまおう、と考えるほど散々な目にあい絶望していた自分が、異世界に迷い込んだくらいでいきなり晴れ晴れと目を輝かせられるはずもない。

「……構わないでくれよ」

肩を落としてそれだけ呟いた和以の態度をどう受け取ったのか、あるいはなにも気にしていないのか、そこでレイシュアは開いていたふたりの距離を詰め素っ気なく手を伸ばしてきた。思わず身を引こうとしたが、二の腕を強く掴まれてしまい叶《かな》わない。

振り払ってみたところで力で敵うわけもないし無駄だろうと、抵抗は諦めて目の前に立っている男を見あげた。その和以に問いかけるレイシュアの声は、相変わらず淡々としたものだった。

「黒く暗き目をした『グラヴィ』よ。なにをすればおまえは私に力を与えてくれる？」

困ってしまった。答えたくても答えようがない。異世界から訪れる『グラヴィ』は所有するものに強大な力をもたらすと伝えられている、オズウェルド王はそんなセリフを口に出したが、そもそも『グラヴィ』なんて単語を聞いたのも今日がはじめてなのだ。だから当然自分がそれであるという自覚もないし、力がどうこうと言われてもさっぱりわからない。

「おまえは我々の力となる宝だ。オズウェルドに渡すわけにはいかない。カズイ、あの男を亡きものとするために、おまえの力はやつではなく私に与えてくれないか。私は『グラヴィ』の力を得る方法を知らない。おまえに対してなにをすればいいのか教えてほしい」

「……わからない。あの王様と君のどちらが正しいかっていう問題じゃない。どうやったら誰かに力を与えられるのか、おれにはわからないんだよ」

「わからない？」

　なんとか、ようやくおのが覚えている困惑をきちんと声にすると、レイシュアはそのひと言を反復し和以の腕を摑んでいた手を開いた。痛いくらいに食い込んでいた指が離れて少しほっとする。

「そもそもおれには自分が『グラヴィ』とかいうやつだという自覚もない。いきなりそんな夢みたいな話を聞かされたって、はいそうですかなんて簡単には頷けないだろ。誰だって混乱する。おれはまだ、この国がどうだとか自分がなんだとか、なにもわかってないんだ。実感がないんだ」

　摑まれていた腕を両手で擦《こす》りながら訴えると、レイシュアはいったん口を閉じ僅かばかり和以から視線を外した。相手の発言の意味を彼なりに考えているらしい。

　この男は、いきなりおかしな世界に飛ばされて知らない単語で呼ばれ、そのうえ王様だの反逆者だのに取りあいをされた人間の心境がまったく推しはかれていなかったのだと理解した。わからない、という自分の感覚は至極真っ当だと思うが、彼にはこうしていちいち説明しないと把握してもらえないようだ。

「しかし、おまえが異世界からこの国へやってきたことは確かなのだろう？　それすらも定かではないのか？」

　少しのあいだ黙っていたレイシュアに問われ、いくらか考えてから答えた。

「いや……。異世界からやってきたというのは確かだよ。おれがさっきまでいた世界は、多分この世界と地続きにはつながってない。まずひとの見た目が違うし、時代もすごくずれている。なのにこんなに現実感があるんだから、異世界云々《うんぬん》については夢じゃない」

「なるほど。ではそれ以上のどんな事実が必要だ？　伝承通り我々が見たことのない姿をしたものが、確かに異世界から来たのだと言っている。根拠としては充分だ」

　和以の返答を聞いてレイシュアは、真っ直ぐに視線を戻しそう言った。味気ない教科書に書いてあるような理屈を説かれて若干脱力する。違うのだ、事実や根拠の前にまず感情が追いつかないのだと、この男に伝えるにはどうすればいいのだろう。

　妥当なセリフを探しつつひとり唸《うな》っていると、そこで黒い胸当てを外し広間の隅へ投げたレイシュアに、不意にがしりと両手で頭を摑まれたので思わず身体を強ばらせた。

「おまえが簡単には頷けないというのなら私が断じよう。その黒い髪も、黒い瞳も、この国においては『グラヴィ』だけが持ちうる特別なものだ。カズイ、間違いなくおまえが、異世界から訪れ我々の力となる、『グラヴィ』だ」

　驚きのあまり動けずにいる和以の瞳をごく間近に覗き込み、レイシュアはそう告げた。ようやくいくらか薄暗さに慣れた目に怖いくらいの美貌が映る。

彼の表情は相変わらず淡白で、これまでとそう変わったところはなかった。しかし、和以の勘違いでないのならば、こちらの意識に無理やり食い込んでくるようなレイシュアの眼差しには、少なからず急《せ》いた色が見えた。

この男はいま、強大な力をもたらすと伝えられる『グラヴィ』を前にして、気が逸っているのかもしれない。それほどに力が欲しいということか。

「おまえには他にもこの国のものとは異なる部位があるのか、それとも我々が持たないなにかを持っているのか？　そのあたりは私が詳しく調べよう。『グラヴィ』自身が誰かへ力を与える方法がわからないというのなら、身ひとつでこの世界へやってきたおまえの身体をくまなく調べ、手がかりを見つけるしかないな」

「……なにをする気だ」

「おまえのもたらす力とやらを無理やり奪うつもりはない。ただ私は、おまえが他者へ与える力がどのようなものなのか、どうすればそれがなしうるのかを知りたい。物理的になにかをするのか、行動なのか意思なのか」

いったんは離れたレイシュアの手が、城で引きずられたり山や森を歩いたりしてすっかり薄汚れていたジャケットの襟を摑んだので、ぎょっとした。慌てて「レイシュア」と、はじめて彼の名を呼んでみたものの、彼にはこちらの焦りが通じないらしい。

ボタンを外されベルトに手をかけられ、強引にスーツを引きはがされそうになる。こんなところでいきなり素っ裸にされるなんて冗談ではないとさすがに抗いかけ、それから改めて無駄かと諦め力を抜いた。

咄嗟《とっさ》に掴んだレイシュアの腕は鞭《むち》のように引き締まった筋肉をまとっている。一方こちらは肉体労働には無縁の単なる会社員だ、腕力に訴えられたらなにをしても逃げられるわけがない。

そうだ。そもそも先ほどまで死んでしまおうとまで思っていたのだからいまさらどうでもいいか。異世界の洞窟で服を剝ぎ取られたところで別になんということもない。一度は捨てようとした命なのだし、レイシュアがもしそうしたいというのなら、オズウェルド王が言っていたように刻んで食うなり鮮血を浴びるなり、それも彼の好きにさせればいいのだ。

バランスを崩し和以が床に尻をついても、レイシュアは助け起こそうとはしなかった。自身も膝をついて覆いかぶさってくる彼に抵抗もせず、投げやりに身を任せる。

しかし彼の手が、首からチェーンで下げていたサファイアのペンダントに伸びてきたときには、ほとんど反射的に身体が動いた。左手でサファイアをかばい、右手をレイシュアの胸について、意味もないと知りつつ思い切り力を込めて押しのけようとする。

当然その程度ではびくともしないレイシュアに、そこでようやく危機感を覚えた。なにをしても敵いそうにない右手を戻し、祈るように両手でぎゅっとサファイアを握りしめる。

助けてくれ。自分はなにをされても構わないが、これだけは粗末にされるわけにはいかない。大切な母の形見なのだ。

「カズイ？」

　それまでされるがままだった和以がようやくはっきりと抗ったからか、レイシュアは僅かばかり驚いた顔をしてペンダントへ伸ばしていた手を引いた。強引に奪われるかと思ったのに彼はそうはせず、サファイアを必死に握りしめている和以をまじまじと見つめ他意もないように問う。

「カズイ。それがなんだというのだ？　この世界では見ない石だ、大事なものなのか？」

　意外にも手ぬるいレイシュアの態度に少々びっくりして同じように見つめ返し、それから頷いてみせた。もしかしたら、この男は和以に無理を強いているつもりはなく、抵抗しないなら嫌悪感はないのだと判断してこの無法なふるまいに及んでいただけなのか？　不本意だと示せば手を止めるのだからそういうことだろう。

　なんだかおかしな男だなと、先ほどから薄々感じていたことを改めてはっきりと認識した。馬鹿《ばか》正直といえばいいのかひたすらに純粋、いっそ鈍いというべきか、言葉にはしない他人の心のうちを読み取るのが苦手なのかもしれない。黙っているから察してくれなんて都合のいいことを願うのは無駄で、意思を声や行動で伝えるべく努めなければ彼には通じないようだ。

　あるいは彼のほうが真っ当な男であり、ああだこうだと相手の気持ちを想像しては気を揉《も》む、それを当然のように求められる現実世界がいってしまえば異常なのか。そう考えれば、きちんとした対話を必要とするレイシュアこそが健全な人物である気もする。

「レイシュア様。『グラヴィ』は、あなたの行動に幾ばくか戸惑っている様子ですよ」

そこで、それまで黙って広間の片隅に立っていたエルが声を発した。幾ばくか、ではなく大いに困惑しているのだが、少なくとも彼はレイシュアよりはひとの心中をおもんぱかることができるらしい。

「無理やり奪うつもりはないのでしょう？　しかしいまのあなたは充分に強引です。感心しません。『グラヴィ』はなにもわからないと言っているのですから、身勝手に扱ってこれ以上混乱させないほうがいいと私は思いますがね。あなたも少しは落ち着いたらどうです？　らしくない」

続けられたエルの言葉にレイシュアは二、三度目を瞬かせ、そののちに小さく溜息をついた。ゆっくりと身を起こし、サファイアを握りしめたまま固まっている和以の腕を掴んで引っぱり起こす。参謀に諫《いさ》められて頭が冷えたのか、彼の青く美しい瞳からは、先ほどまで見せていた急く色が消えていた。

「エル。カズイを少し休ませてやれ。こんなところまで連れてきてしまったので疲れているだろう」

素っ気ない手つきで和以の乱れた衣服を整えてからレイシュアはあっさりと背を向け、床に置いたサーベルと投げ捨てた胸当てを拾いあげながらエルに指示をした。

「丸腰で洞窟から野生動物がうろついている森に逃げ出せばかえって危険だ。カズイには、今日のところは鍵のかかる間にいてもらう」

「では、『グラヴィ』は私が八の間へ案内しましょう。レイシュア様はどうされます？」

「私も少し休む。そのあとはみなで今日の反省会議だ。各々傷の手当てをすませてからここへ集まるよう伝えてくれ」

淡々とした声で言って広間から出ていこうとしたレイシュアは、思い直したのか最後にふと足を止めて和以を振り返った。真っ直ぐに見つめられてつい身体を強ばらせると、静かな口調でこう告げられる。

「カズイ。閉じ込める形にはなるがおまえの安全のためだ。理解してくれ」

作り物のような無表情からは彼がなにを考えているのか読み取れなかった。わざわざ立ち止まり振り向いてまで口に出すからには伝えたいことがあるのだろう。しかし、服を引きはがそうとしたうえに閉じ込めるような真似をして申し訳ないと言いたいのか、単純に、危ないから大人しくしていろという意味なのかわからない。

和以が返事をする前にすぐに背を向けて、レイシュアはさっさと姿を消した。彼が去っていった広間の入り口を思わずぽかんと口を開けて見つめ、やっぱりおかしな人物だなと改めて考える。強引にふるまったかと思えばあっさりと手を引き、理解してくれなどと告げどこかへ行ってしまう。どうにも掴みづらい男だ。

ここまでの道のりで何度か、欠くのかあるいは隠しているのか感情が見えない人物だなと思った。その通りレイシュアからは相変わらず、現王を倒したい、そのための力を身につけたいという意志以外が伝わってこない。嬉《うれ》しいとか哀しいとか、楽しい、悔しいだとか、そういった生々しく熱いものを感じないのだ。

レイシュアとはいったいどういう男なのだろう。印象通りおのれが感情に乏しいからこそ他人の心を読むのが不得手なのか。

そして自分は、そんな男に暗い日をしていると言わせるほどひどい顔をしているのか。

「彼は冷たいわけでも意地が悪いわけでもないんですよ、本当は優しいひとです。ただきっと、いまはあたたかい心をいっとき忘れているんでしょう。しかたがない」

背中から声をかけられはっと振り返ると、エルが困ったように笑っていた。いまはいっとき忘れている？　しかたがない？　彼のセリフは半分も理解できなかったが、冷たいわけでも意地が悪いわけでもないという部分だけはなんとなくわかるような気がした。

荷物のように担がれたり縛られたまま山道を歩かされたり、いきなり服を引きはがされそうになったりとずいぶんな扱いを受けた。とはいえレイシュアは、オズウェルドとは違い、ひとをものとしか見られない傲慢な男ではないようだ。また、おかしなやつだと思いはすれども、そばにいてもなぜか明確な恐怖は湧かないし不愉快にもならない。

ひややかで硬質な男に見えた。しかしおそらくはそれだけではない。レイシュアは、自分の知らないなにかを抱えている人物なのだと思う。

「さて、行きましょうか。いつまでもここに突っ立っているわけにもいきませんし。私のことはエルと呼んでください。『グラヴィ』、あなたをカズイと呼んでも構いませんか？」

「ああ……。構いません。よくわからない名前で呼ばれるよりはそのほうがいいです」

穏やかなエルの声に安堵が湧き、サファイアを握りしめていた手をようやく解いた。エルはそこでいやに丁寧にその和以の手を取った。

それは和以を逃がさないためにという意味なのだろうが、大切な宝玉でも扱うようないかにも恭しい手つきだったので振り払わなかった。おまえは我々の力となる宝だ、先にレイシュアがそう言っていた通り、彼らにとって『グラヴィ』なる存在は違わず宝物なのだと思い知らされる。

エルはいったん洞窟の入り口あたりまで戻り、和以の手は摑んだまま近くの間に顔を出して、控えていた仲間のひとりに懐から取り出した一枚の紙を渡した。ひそひそと声を潜めてエルが仲間に告げた言葉はなんとか聞き取れた。

「城のものへ」

城のもの、つまりは内通者か。そうした存在を城に忍ばせていることは船上でレイシュアも言っていた。『グラヴィ』が現れたという情報も、当然内通者から洞窟にいたレイシュアたちに伝えられたのだろう。

とはいえどうやって伝えるのだ？　興味が湧きエルの後ろからそっと間を覗き込むと、仲間の足もとに一匹の黒い犬がいるのが見えた。エルから受け取った紙を細く折りその足に結わえつける仲間の姿を認めて、なるほど伝書鳩《ばと》ならぬ伝書犬かと推測する。

犬一匹であるから大きな情報を運ばせるのは物理的に無理でも、簡単な手紙くらいならば託せそうだ。城の内通者と洞窟のレイシュアたちが内密にやりとりするために、両者を行き来するよう訓練されているのだと思う。

さらにひと言ふた言小声で仲間と話をしてから、エルは和以に目を戻しにっこりと笑いかけた。慌ててなにも見ていなかったふりをしてみたが、彼に通用したのかどうかはわからない。

「『グラヴィ』、いえ、カズイ、私たちのもとへ来てくれてありがとうございます」

優しく声をかけられていくらか考えてから、「……いえ」と短く答えた。来てくれたというより意思も問わぬまま連れてきたのだろう、という言葉はとりあえずのみ込んでおく。

薄暗い洞窟は居心地が悪いわけではない、とはいえ自分がいるべき場所がここであるのかどうかはわからない。たくさんの出来事が一気に襲いかかってきたせいで、自分の置かれた状況がまだいまいち理解できないのだ。

この世界がどんな場所なのか、『グラヴィ』とはそもそもなんなのか、なぜ自分なのか、頭の中できちんと整理するにはあまりにも時間が足りない。それでも、どれだけ痛めつければおまえは私にとって有益なものとなるのだろうな、平然とそんなことを告げた王様の手から逃れられただけでも幸運なのかもしれないと考えはした。

レイシュアの指示通り、外から鍵のかかる扉が取りつけられた間へ連れていかれた。洞窟を広間より奥へ進んだ場所に位置するこの空間が八の間と呼ばれる部屋らしい。

おそらくは敵兵が紛れ込んできた際に監禁し捕虜とすることを想定して作られたのだと思う。その証拠に、鍵のかけられた扉を試しに押したり引いたりしてみても、開くどころか軋《きし》みもしなかった。これだけ頑丈なら屈強な兵士でも破れまい。

丸腰で洞窟から森に逃げ出せばかえって危険だ、レイシュアはそんな意味のことを言い、理解してくれとつけ足した。綺麗事を口に出すタイプには見えないので、彼は本気でそう考えここへ和以を閉じ込めることにしたのだろう。どのみちいまさら逃げ出す元気もないし、レイシュアは単に自分の身を案じているだけだと思えば腹も立たない。

服が汚れているから着替えるようにとエルから衣類を手渡された。確かに着ていたジャケットもスラックスも薄汚れみっともなく型崩れしていたため、エルが部屋から去りひとりきりになってから素直に着替えた。洗い立てではあるようだったが新品ではなさそうなので、仲間の誰かから借りてきたものかもしれない。

背の高いレイシュアや、さらに長身のエルが着ている服ではないだろう。それでも明らかにオーバーサイズだった。ボトムはともかくシャツは身頃が余っているし、袖は手の甲を半ば隠すくらいに長い。

異世界の気候は現実世界の春と等しくすごしやすいもので、厚手の綿素材は暑くも寒くもなく、またさらさらとした肌触りも快適ではあった。とはいえこの大きさではだらしなく見えるのではないかと若干心配になる。

服の色は黒だった。そのせいか首から下げたサファイアのペンダントが妙に目立つ。そういえばレイシュアも真っ黒な格好をしていたよなとなんとなく思い出した。城からさほど離れていない森のアジトに隠れ住む、彼曰《いわ》く反逆者であるから、木々のあいだを歩いていてもなるべく目立たないようにしているのかもしれない。

着替えてから少ししたころにエルが木製のトレイに載せた食事を持ってきた。パンとスープ、チーズが少しといった簡素な献立だ。

「夕食です。今日は慌ただしくて食材の調達に行けませんでしたから、簡単なものしか出せず申し訳ありません。カズイの口に合いますかね」

夕食、と言われて、もうそんな時間になっているのかと少し驚いた。オズウェルドの城で目が覚めたときには陽は高かったし、ここに辿りついた時点でもまだ外は明るかった。だから以降それなりにときがたったということだろう。蠟燭の明かりしかない薄暗い洞窟で、時間感覚が麻痺《まひ》していたようだ。

おずおずとトレイを受け取り、他のセリフも浮かばず「ありがとうございます」と礼を述べると、エルがにっこりと笑った。彼はすでに武装を解いており、丈の長いきっちりとした詰め襟の服を身につけていた。色はやはり黒い。しっかりとした身体つきは兵士のものに違いないが、知的な雰囲気や銀縁の眼鏡と相まって学者か教師みたいに見える。

「私たちはこれからみなで集まり会議をしますので、あなたは食事をとったら先に寝てください。そこの布団をどうぞ。寒くはないと思いますよ」

「はい。その」

「ああ。明日の朝は呼びにきますから、朝食は食堂で食べましょうね。この八の間を使うのは、誰もあなたを見張っていることができない今夜のとりあえずの処置です。それに、あなたも少しひとりになりたいのではないですか？」

てきぱきとした指示の合間に、いつまでここに閉じこもっていればいいのか訊こうと口を挟みかけたら、和以が声にする前に察したようでエルが優しく続けた。言葉や態度で示さなければ意思が通じないという性質は、この国に暮らす人々があまねく持つものではなく、単にレイシュアの個性であるらしい。

扉の向こうに去ったエルが鍵をかける音を聞いてから、ほっと吐息を洩らした。今日出会った人間の中では彼が最も接しやすい男だとしても、初対面、しかもここは異世界なのだ。さすがに少しは緊張もする。

ひとりになりたいのではないかと指摘され、そこでようやく背にのしかかるような疲労感を自覚した。確かに、他人の目のない場所でちょっとひとりになりたい。

エルが持ってきてくれた食事を味わう余裕もなく半ば機械的に口へと運び、早々に布団へ潜り込んだ。木綿らしくいくらか固いが寝心地が悪いというほどではない。

目を閉じて、今日一日にあった出来事を反芻《はんすう》した。なにかに呼ばれているような強い衝動に駆られ会社を抜け出して山へと車を運び、もう死んでしまおうかと投げやりな気持ちで狭い山道へ踏み入った。そこで確かサファイアのペンダントがふわりと浮きあがり、目眩を覚えて意識を失った。

そしてこの、異世界としかいいようのない場所で目が覚めた。

なにが起こったのか。先にも思ったように、小説か映画のごとく異世界にトリップしたということか？　にわかには信じられないが、おのが身に起こった事々物々を努めて冷静に思い返すとそう考えるしかない。

自分はなぜか、『グラヴィ』と呼ばれる存在として、現実世界にあるあの山から異世界にあるオズウェルドの城へトリップしたのだ。そして傲慢な王様の前に引きずり出され、かと思ったら性格に幾ばくかの難あり、といわざるをえない反逆者にさらわれて、いまは洞窟の一室に閉じ込められている。

正直、わけがわからない。不可思議な舞台の脚本を読んでいるかのようななりゆきだ。しかし、肌に触れる綿の衣服の感触も少し固い布団の重さもはっきりとした実感を伴っているし、夢ではないかと疑うおのれを否定できるほどに意識もクリアだからすなわち夢ではない。ありえない、信じられないこの状況は、現実だ。

などとあれこれ考えているうちにいつのまにか眠っていたらしい。扉をノックする音にはっと目が覚め布団の上に飛び起きると、解錠し扉を開けたエルに「おはようございます」と声をかけられた。こんな環境に置かれておきながら暢気《のんき》に眠れるなんて自分はなかなか図太いなと他人事のように思う。

「眠れましたか？　カズイ。朝食にしましょう、食堂へお連れします。昨日と似たような食事しか出せませんが、食べられますかね。私たちはあなたのいた世界の食事を知らないので、どういった味つけをしたらいいのかわからないんですよ」

「眠れました……。夕飯も食べられました」

「それはよかった。では、どうぞ」

　味わう余裕はなかったにせよ彼らの用意した食事をとったのは事実なのでそう告げると、エルはにっこり笑って一歩身を引いた。ついてきてください、という意味らしい。慌てて布団から抜け出し雑に髪や服を直して、放り出していた靴を履き和以を待っているエルの隣に立つ。

　昨夜と同じような詰め襟の服を着たエルに連れていかれたのは、昨日広間から八の間へと向かう際には素通りした扉のない一室だった。エルについて部屋に入ると、大木を切り取ったままそこへ置いただけといった丸テーブルがいくつかあり、体格のよい男が汚れた皿をせっせと片づけていた。どうやら大方の仲間は食事をすませたあとらしい。

　食堂にいたのはその男と、それからレイシュアのみだった。手のつけられていない食事が三人分並べられたテーブルの前に、やはり前日と似たシャツと革のボトムを身につけたレイシュアがひとりで座っていたため、少し緊張した。

　なにせつい昨日、彼に服を引きはがされそうになったばかりなのだ。和以がはっきりいやだと言えばあんな真似《まね》はしなかったのだろうが、いやと言わなければ了承と取り無体を働く男だ。彼に悪気はなかったのだとしても、同時に常識的な他人の扱いかたも知らない。どうしても身構えてしまうのはしかたがないと思う。

部屋は広間よりは狭く、八の間よりは広かった。レイシュアの仲間が勢揃《せいぞろ》いはできなくても七、八人は一緒に食事ができるのではないか。丸いテーブルのどこに座ればいいのかわからず入り口の前に突っ立っていたら、エルに「レイシュア様の向かいへどうぞ」と促されたので、一瞬怯んでから大人しく従った。

エルはレイシュアと和以の中間あたりに座り、テーブルへ水差しを置いた体格のよい男に「ありがとう、もう下がっていいですよ」と声をかけた。物腰は丁寧だがよく聞けば命令だ。昨日から見ている限り彼らの上下関係は、レイシュアがリーダーで、参謀であるエルがそのひとつ下、あとはみな立場の等しい仲間たちといった構造になっているようだ。

「キースのものか。カズイには少々人きいが悪くない」

真正面に座るレイシュアから相変わらずの遠慮ない視線を向けられ、同じように眼差しを返せばいいのかあえて知らぬふりをすればいいのかに迷っていると、淡白な口調でそう言われた。なんのことかわからずつい彼を見つめ、ああ、服のことかと思いいたったときにはもう目をそらせなくなっていた。

レイシュアの瞳は、昨日も感じた通りひどく澄んでいた。他のものと同じ青色のはずなのに、他の誰よりも冴《さ》えているように見える。当然あるべき感情という名のフィルタがかかっていないせいなのか、あるいは単純に彼の内面が冴え渡っているためか、自覚もなく見入りながらそんなことを考えた。

レイシュアはしばらく黙って和以と見つめあってから、テーブルに視線を移し「食べようか。カズイもだ。我々に必要なのはまず第一に体力だ」と言って食事へ手を伸ばした。テーブルの上には昨夜与えられたものと同じくパンとスープ、チーズ、加えて今朝は収穫したばかりなのだろう山菜のサラダが並んでいた。

「今日にも調達班に肉か魚を買ってくるよう頼みますので、今朝はこれで。カズイ、足りますか？」

「あっ、はい。足ります。お気づかいなく」

エルと和以のやりとりを聞いているのかいないのか、レイシュアは黙ってスプーンを手に取った。王の命を狙う反逆者というくらいだから豪快に食べるのかと思ったのに、スプーンでスープを掬《すく》うレイシュアの所作は予想を裏切りえらく洗練されたものだった。

意外に感じまじまじと彼を見つめていたら、和以の心中を察したのかエルが横からこう言った。

「ああ。カズイは知りませんでしたかね。レイシュア様はルトナークの元王子です。あのオズウェルド・アズバルグ王の弟ですよ」

王の弟？　びっくりしてまずエルに目をやり、彼が冗談を言っているようでもなかったのでレイシュアに視線を戻した。ほとんど無表情しか知らなかったレイシュアはエルの言葉に幾ばくか眉をひそめ、「まずは食べろ」と短く話題を切った。肯定はしなかったが否定もしなかったので、彼がオズウェルドの弟だというのは事実なのだろう。

そういえば、はじめてレイシュアと向かいあったとき、誰かに似ている、そんな引っかかりを覚えたのだ。あれはオズウェルドに似ているということだったのか。兄弟なら外見のどこかしらに近しい要素があってもなんら不思議ではない。また、元王子であればテーブルでのふるまいに品位が透けて見えるのも頷ける。

　再度促されてサラダを食べ、スープを飲んだ。パンにも手を伸ばし適当にちぎって口に運ぶ。昨夜は味のわからなかった食事は、うまいというほどではないにせよ決してまずくもなかった。いたって素朴な味がする。特に会話らしい会話もなく朝食を食べ終えるころには、ごてごてと凝った料理より、こうした簡素な食事のほうがかえっておいしいのかもしれないと感じるようになっていた。

「カズイ。昨夜は八の間で窮屈な思いをさせた。今日からはもうおまえを閉じ込めたりはしない」

　皿がすべて空になったところで、不意にレイシュアからそう言われ、またいくらか驚いた。テーブルから彼に目を移すと、真っ直ぐにこちらを見ている青い瞳と視線が噛《か》みあい、なぜかどきりとする。

「ただし、私やエルの目の届かぬところ、特に洞窟の外には行かないように。この森は危険だ。狼《おおかみ》をはじめとした凶暴な野生動物がうろついている。なによりおまえがいつ『グラヴィ』の持つ能力を発露させるのかわからない。だから私がここにいるあいだはそばにいてほしい」

　万が一、和以が逃げ出したらと危惧しそのように行動していたレイシュアの、そんなセリフにいくらかはほっとした。たとえ自分の身の安全を考えてのことであれ、縛られたり閉じ込められたりするのは愉快ではない。

　レイシュアの言葉は要するに、可能な限りは自身が、そうできない場合はエルが、常に『グラヴィ』

を近くに置き見張るという意味だ。同時に、森は危ないからこっそり逃げ出したりはしないでくれと彼は和以に頼んでいるのだと思う。ならば昨夜よりは意思を尊重されているといってもいいだろう。

　彼にとっての自分は、ひとに力をもたらすらしい『グラヴィ』なるものだ。しかしそれだけでなく、努めているのか自然になのかはともかくとして、彼は自分をひとりの人間、つまりは和以自身として扱っている。

「……レイシュア。『グラヴィ』ってのは要するに、なんだ？」

　ならばきちんとした説明を受けてもいいはずだと、昨日から心の中でもやもやとしていた疑問を口に出した。この男が相手なら、黙って首を傾げているより訊いてしまったほうが早い。

「誰かに力を与えられる存在だと伝わっているのはなんとなくわかった。でもそんなのはまるで御伽話だ、信じるに値するのか。オズウェルドは確か、『グラヴィ』が前回現れたのは数百年も前だとか言っていた。つまりいま生きてる人間じゃ、誰も見たことがないんだろ」

「御伽話か。確かに民たちのあいだでは、『グラヴィ』の存在は我が国に伝わる御伽話のひとつにすぎないのだろう。この世界では見られない姿を持ち、国に宝物を運んできてくれる『グラヴィ』、それが実在すると思っている民はまずいないのではないか」

　和以のいまさらの問いに苛立《いらだ》つでもなく、というよりなにも感じていないような無表情でレイシュアは淡々と答えた。

「しかし王族のあいだでは違う。我々は、『グラヴィ』は実在すると信じている。なぜならば、過去実際に『グラヴィ』と出会ったものたちから代々言い伝えられてきたからだ。『グラヴィ』はいつの場合でも王族のもとに現れる。民が広く目にするものではない」

「なぜいつの場合でも王族のもとなんだ？　町の中に現れる可能性だってあるんじゃないのか。そうしたらみんなが見る」

「いや。おそらく町中に出現することはない。『グラヴィ』が力を与える相手は、この国の始祖の血を引くもののみで、誰でもいいというわけではない。所有する王族に強大な力をもたらすもの、それが我々に伝わる『グラヴィ』だ。だからおまえは王族が住まうオズウェルドの城に現れたのだろう」

　レイシュアはそこでいったん言葉を切り、それから眼差しに少しの力を込め続けた。

「だが、王族というのなら私も一応は王族だ。力を得る権利はある」

　レイシュアの説明を頭の中で整理してから、ひとつ頷いて返した。彼の言い分を事実とするならば、『グラヴィ』である自分は、方法は知れないが王族に力を与えられる存在であるということだ。そして、目の前にいるレイシュアもオズウェルドと同じく王族なのだからその対象になる、と彼は言っている。

　私たち王族には、異世界から訪れる『グラヴィ』は所有するものに強大な力をもたらす、と伝えられている。玉座の間でオズウェルドのそんなセリフを聞いたときには、混乱していたこともありほとんど意味がわからなかったが、改めて説かれれば真偽はともかく彼らがなぜ昨日のような行動を取ったのかは理解できた。

王族にとって有益となりうるからこそオズウェルドは自分を縛りあげ力をよこせと迫り、レイシュアは無理を承知で城へ乗り込み自分を奪ってここへ連れてきた。

「王族の伝承でも『グラヴィ』はいつ、なぜ現れるのかわからない謎の存在だ。人智の外にある力でこの国に呼び寄せられるのだと考えられている。とはいえ『グラヴィ』自身には呼ばれた理由がわかるのかと思っていたが、おまえを見る限り、どうしていまこの国を訪れたのかは本人にも理解できないようだ」

　続けられたレイシュアの言葉には声を返さぬまま、無言で記憶を辿った。人智の外にある力で呼び寄せられる、彼が使った表現は極めて正確であるように思われた。

　真っ昼間の会議室で感じた、行かなくては、という強い衝動は、それが生じた理由も理解できぬままの和以を山へと向かわせた。車のハンドルを握っていたのは確かに自分だったが、行く先を自分で選んだわけではない。

　操られるように手が動いたあのときの感覚は、いま思い起こせば充分に異常だった。呼び寄せられたのだと言われたらまさにその通りだと思う。

　自分は、レイシュアの告げたように、なんらかの強大な力を王族へ与えるためにこの国へ召喚されたのか。ふらふら足を進めたあの山が異世界へ通じる場所だったからこそ、抗いようのない衝動に突き動かされたのか。

　だとしたら、人智の外にある力とやらが自分を選んだのは、なぜだ？

「『グラヴィ』が王族へもたらす力が具体的にどのようなものであるのかはわからない。武力なのか、統率力なのか、あるいは我々には了知できない神秘的な力か。しかしいずれにせよそれは強さに直結するものだろう」

黙り込んでいる和以に向かって淡々と続け、最後にレイシュアはこうつけ足した。

「そして私は強さを必要としている」

彼のその言葉にいつのまにかうつむいていた顔をはっと上げると、真っ直ぐに自分を見つめている男の美貌が目に映った。レイシュアのあるかなしかの表情に垣間見《かいまみ》えるのは、力をくれという懇願でも強要でもないように感じられた。彼はいまただ素直に正直に、おのが思いを声にしているだけだ。

昨日からの接触で彼の人柄はいくらかわかってきた。ひんやりと硬い印象をまとうこの男は、他人の心中に対しては鈍い、おもんぱかり言葉を選ぶことができないといっても誤りではないほど、常におのれに正直なのだ。

「じゃあ君は、『グラヴィ』がもたらす力を得て強くなったとして、それでなにをしたいんだ？　いくら王族だから権利はあるとはいっても、使いかたを間違えるようなら、力を受け取る器量があるということにはならないんじゃないか」

こういうタイプの男ならばさほど気をつかわなくていいかと遠慮もなく訊ねると、レイシュアは単調な声で答えた。

「昨日も言ったように私は現王の命を狙う反逆者だ。力を得られれば当然それをもってオズウェルドを倒す。あの男は国の長に相応しくない、よって玉座から降ろすことを間違いだとは考えない。しかし私には今一歩力が足りないんだ。カズイを奪うために城へ押し入った際に痛感した」

「そうはいっても君はきっと、すごく強いよ。あんなに兵士の数が違うのにちゃんと城から逃げてきた。『グラヴィ』の役目も理解できていないおれを頼るより、自分の力でなんとかしたほうが早いし確実なんじゃないのか」

「いや。単純に腕力や技術で劣るというのではなく、なにがかはわからないが、私にはもっと絶対的なものが足りないのだと感じている。自分でなんとかしようにも、わからない以上はすべがない。だからオズウェルドを倒すために、そうした不足などものともしないだろう『グラヴィ』の強大な力が欲しい」

　レイシュアは和以から視線を外し、テーブルの上に置いた自身の両のてのひらを見た。一度強く手を握りしめてすぐに解く、その小さな仕草が、彼の覚えているもどかしさを示しているようでもあった。

　くり返された足りないというひと言はレイシュアにとっては違わず事実だ。あからさまには表さなくとも、彼はそんな自身に対して焦《じ》れを感じているのではないか。

「オズウェルドを倒してどうするんだ？」

　おのれの両手を見つめているレイシュアに問うたら、それまで黙ってふたりのやりとりを聞いていたエルが、そこでこう口を挟んだ。

「オズウェルド王を倒した先にある真の目的は、この国を平和にすることですよ」

ついエルに視線を移し、それから改めてレイシュアを見た。国の平和。レイシュアの頭にそうした考えがないとまではいわないが、彼がそこまで熱い志を抱いているのかは見た限りではわからない、というよりあやしいところだと思う。

決してよいとはいえない国の現状や自身の立場、王を倒したいのだという意向を教えてくれはした。しかし、なにせ彼はたいていの場合淡々としているし、ときに内面がうかがえたとしてもちょっとした逸りや焦れったさ程度だ。昨夜聞いた、あたたかい心をいっとき忘れている、といったエルの表現は、本当にいっときのみなのかはさておき正確なのかもしれない。

レイシュアと和以、エルの三人しかいない食堂に少しの沈黙が落ちた。ではこれからどうするか、なにができるのか、話すべきことは多々あるこの空間で、誰が口火を切るのが正解なのか探っているような空気が流れる。

しかしそんな空気を感じていたのは和以だけ、もしくは和以とエルだけだったようだ。レイシュアは相変わらずの冷めた、それでも澄んだ声で突如話題を変えこう言った。

「カズイ。目が暗い。おまえはなぜ昨日からずっとそんな目をしている？　我々とともにいることが不愉快ならば言えばいい、おまえが快くあれるよう善処する」

予想外のセリフについぽかんと口を開けた。レイシュアにとってそれは、いまこの場で口に出すほど重要な問題なのか？　エルに目をやると、和以と同じような表情をした彼に視線を返された。エルも和以と等しく、少なくとも現在は他人の感情にはあまり興味がない、ように見えるレイシュアの言葉が意外だったらしい。

　とはいえせっかく、おそらくは気をつかってくれたのだろうレイシュアを、君には関係ない、放っておいてくれときっぱり拒絶するのもおかしい気がする。またしばらく口をつぐんだまま考えたのち、ずたずたに傷ついている心のうちまではなるべく晒《さら》さぬよう努めて冷静に答えた。

「君たちと一緒にいるのは不愉快じゃない。ただこの世界に来る前に、ちょっといやな目にあっていただけだ。だから気にしなくていいよ」

「おまえのいた世界でということか？　いやな目とは？」

　遠回しに触れてくれるなと示したつもりだったのに、レイシュアは和以の思いを無視して、ではなく察せずそう突っ込んできた。こうなるとこの男は単に無遠慮なのだか案外世話焼きなのだかわからなくなる。

　さらにまた無言で悩んでから、空になった木の皿に視線を落としてぼそぼそ続けた。

「……信じてたやつに騙されたんだよ。利用されて裏切られた。おれには他によりどころなんかなかったし守るべきものもないし、まんまと陥れられた理不尽な現状から這《は》いあがるだけの根性もなかったから、もう死んでしまおうと思っていた。そんなときになぜか知らないがここに来た」

「信じていたものに？　仲間にということか」

「ああ……。まあ、そんな感じか。仲間は仲間だ。悪いやつだったけど頭がよくて、自分の犯した罪をうまいこと全部おれになすりつけた。だからみんな、おれが悪さをしたんだと信じて疑わなかったんだ。いや、あいつを信じたおれが馬鹿だっただけだな、あまりの馬鹿さ加減に死にたくなったんだよ」

同じ会社に属する社員だったから仕事仲間であるには違いないのだが、もっと限定的に恋人だったのだ、とは明かさずに、レイシュアたちにも伝わるよう簡単な言葉を選んで説明した。口に出してしまえば単純でありきたりな、くだらない出来事だ。それでも自分にとっては重くて、苦しくて、絶望感に囚《とら》われ逃げられなくなるほどの悲劇であり、くだらないと笑い飛ばせるものではなかった。

和以を騙した男の名前は津田卓也《つだたくや》だ、もちろん忘れていないし今後忘れることもないだろう。同性愛者であることをひた隠しにしてきた和以にとってははじめてできた恋人だった。正確には恋人だと思い込まされていただけではあっても、本当に好きだったし心を許していた。

だからこそ和以は、営業職にある卓也がしばしば提出する不審な請求書を、さして疑わず受け取り経費として計上した。やけに額が大きかったものだから経理担当者として最初に一度だけ、これはなんだ、と訊ねたときに卓也は、この金は大口の客を得るためのものであり、いま金をかければ必ず会社の利益につながるから心配するなと言った。それを頭から信じたのが振り返ればまさに馬鹿だったのだ。

卓也の動きは速かった。社内に和以の人事異動指示が出たのとほぼ同時に、君島和以が横領をしている、自分は不正申請の領収書を細工するよう強要されていたというデマを流した。会社のためにもなるそうだから恋人の説明を信じよう、そんな浮かれた意識を取っ払ってみれば、確かに卓也からくり返し頼まれた経費計上は不自然だった。彼こそが会社の金を私的に着服していたということだ。

つまり卓也は、経理担当者が変わればおのが不正申請が明るみに出ると察し、和以がなにかを言う前に先回りして策を弄《ろう》したわけだ。表向きは人柄がよく成績も優秀な男だったから、社内の人間はみな卓也の言い分を信じた。そしてあっというまに和以は業務上横領の疑いをかけられ、社内調査の対象となった。このままだといずれ警察に突き出されるのは間違いないだろう。

真実を語ろうとはした。しかし卓也から、性的指向をおおっぴらにされてもいいのかと脅され身動きが取れなくなった。なにより、信じていた恋人にそんな脅迫を受けている事実に、絶望した。

愛しあっているのだと思っていた。甘い言葉を囁きあい何度も抱きあった。あれらは、すべて自分を利用するための演技だったのだ。恋人だなんて関係ははじめから嘘だ。

そう理解してしまえば、もう立ちあがる力なんてものは湧かなかった。誰も信じられない、助けてくれるものもいない。生きていれば哀しんでくれたのかもしれない両親は他界しているし、兄弟もいないのだから身軽なものだ。全部投げ出し死んでしまえば楽になれる。そんな思いを抱いた孤独な自分を誰が責める？

「馬鹿だった、か」

レイシュアは、和以の説明を聞き何事か考えていたらしくしばらく黙ってから淡白にそう言った。

皿に落としていた視線を上げると、冷たいとも優しいともいえない眼差しで見つめられ、こう続けられる。

「おまえが事実馬鹿なのか、自身にそう言い聞かせたいだけなのかは知らないが、それは言い訳にはならない」

一瞬息を詰め、そののち密かにゆっくりと吐き出した。言い訳にはならないと断じられてしまえば確かに、馬鹿だったのだといくらくり返したところで、それは自暴自棄になりいっそ死にたいと惨めなことを考えた自分への言い訳にはならない。

言い返せずにいる和以に、レイシュアはさらに辛辣《しんらつ》にも思える言葉を連ねた。

「逆境はおのが力で切り開くものだ。騙され不本意な嫌疑をかけられたのであれば、誤解を解くべく尽力しろ。他人から見れば無様であろうと力の限り足掻《あが》けばいい、それもせずに自ら死の淵《ふち》に立つような真似はすべきではない」

「……脅迫されてたんだよ。もし事実を喋《しゃべ》ったら、もっといやな目にあわせると脅された。……仲間、だと思ってたやつにそんなことを言われたら足掻く力も失《う》せるだろ。おかげでおれは誰も信じられなくなったし、居場所もなくなった」

「ならば地の果てまで逃げろ。すべてを失おうとも生きてさえいればいい。命はなにより大切なものだ。だからもう二度と、自ら絶とうなどと考えるなよ」

道理を言い聞かされているというよりも、厳しく叱られているような気がしてまずは少々落ち込んだ。現実世界で自分が置かれていた状況は、一歩離れて客観的に見ると、確かに必死に足掻けば打破できたものだったのかもしれない。

　はじめての恋に浮かれ疑いも抱かずてのひらの上で転がされたあげく、裏切られてからようやく利用されていたのだと気がついた。あの時点で相手を殴ることも文句を言うことすらもできず、ひとり死のうと思い詰める自分はひ弱にすぎるのだろう。

　それから、昨日出会ったばかりの男になぜここまで言われなければならないのかと、今度はちょっとした苛立ちを覚えた。

　レイシュアのセリフは実に真っ当だ、しかし正論というものはひとを傷つけることもある。ときも場も相手も選ばずむやみに振りかざすのは賢いやりかたとはいえない。

　嘘だとしても恋人だったのだ。恋人とともにすごすしあわせな毎日から、突然地の底へ蹴《け》り落とされるあの感覚を味わっていないものが、偉そうなことを言わないでほしい。この男は本当に他人の気持ちを察するのが苦手で、だからこそ平気で傷を抉《えぐ》れるのだ。

　余裕も理性も失いただ投げやりになっていた自分は、確かに非難されてもしかたがないだけ軟弱かもしれない。だが、この男も説教する前に少しくらい相手の心中を理解しようと努めてくれてもいいと思う。

「カズイ。レイシュア様はあなたを心配しているんですよ」

　落ち込みが、あるいは苛立ちが顔に出ていたのか、そこでエルに優しく声をかけられた。

「なにがあっても優先すべきは命、理不尽な現状を変えることができないのなら、その現状から逃げてでも生きろとレイシュア様は言いたいんです。要するに、命を大切にしてくれ、死なないでくれとあなたにお願いしています。このひとは言葉が足りないうえにその選択が少々下手です」

「エル、無駄に喋るな」

「あなたが上手に喋ってくれれば私も黙っていますよ？」

エルのセリフを聞き、知らず強ばっていた身体からすっと力が抜けた。レイシュアとエルの互いに遠慮もしていないやりとりに、ついでに気も抜ける。

生きろ、命を大切にしてくれ、死なないでくれ、か。冷静になった頭でレイシュアの言葉を思い起こしよくよく考えてみれば、確かに彼はそのようなことを言いたかったのかもしれないとわかりはした。命はなによりも大切なものだ。生きてさえいればいい。自ら絶とうなどと考えるな。そうしたセリフは、なりゆきは知らないがいま反逆者を名乗るこの男の信念なのだろう。

少々どころではなく相当に言葉の選択が下手だ。それでも彼はおのが信念を相手に伝えるべく努力したのか。冷めた表情のまま硬い声で、死ぬな、レイシュアはただそう言いたかったのだ。

感情がない、あるいは足りないような印象を受ける。そんな、どこかに欠落がある男は、実は誰より真っ直ぐで清廉な意思を持つ人物なのかもしれない。少なくとも、ひとの命には重さがある、なにより大切にすべきものであると考えるくらいには純粋だ。

彼の声をもっと早く聞きたかったなと思った。絶望感が消えるわけではないし状況も変わりはしない。だとしても、心を掠める死神の姿は見えなくなったのではないか。

ひとりも味方がいなかったのだ。ひとりもだ。振り返れば、孤独とは人間の理性を奪う恐ろしい魔物なのだと知れる。

「守るべきものもないとおまえは言ったが」

ひとしきりエルと無遠慮な言葉の応酬をしたあと、レイシュアは正面に視線を戻して和以の胸のあたりを指さした。

「あるではないか。昨夜おまえはその青い石を必死に守ろうとした。それはなんだ？　ルトナークでは見たこともない石だ」

「ああ……。これはサファイアという宝石だよ。この世界にはないのか？　あの王様がつけてたのは多分ルビーだろう？」

話題が変わったので内心ほっとしつつ答えると、レイシュアがほんの僅かに首を傾げて問いを重ねた。

「サファイアか。そういった宝石はこの世界には存在しないな。おまえの言うようにオズウェルドが身につけているのはルビーだ、代々の王に受け継がれている石で、あそこまでの大きさを持つものは他に見ない。しかしそのサファイアとやらがルビーに関係するのか？」

サファイアとルビーは混入不純物の違いから色が異なるだけであり、どちらも同じコランダムという鉱物だと聞いたことがある。赤いコランダムをルビーとしその他をサファイアと呼ぶのだからルビーしかないとは不思議だ、と思案はしたものの、説明するのはやめ「いや」と短く答えた。宝石に詳しいわけではないからわからないだけでそういうこともあるのかもしれないし、レイシュアには特に重要な話でもないだろう。

「カズイにとって、それは大切なものか」

少しの間のあとレイシュアから、今度はそう訊ねられた。これも彼には不必要な情報だと思いはしたが、あるいはこの男は自分のことを知ろうとしているのではないか、ならば返答を拒む必要もあるまいと素直に説明した。

「ああ。このサファイアは母親の形見で、とても大切なものだ。母は優しいひとだったけど、もうずいぶんと前に病気で亡くなった」

「そうか」

ひややかでもあたたかくもない、素っ気ない口調でレイシュアは短く応じた。昨日今日で少しずつ慣れてきた、冷たくしたいとか優しくしたいとかそういう次元の問題ではなく、これがこの男の常態なのだと思う。

それからレイシュアはふっと視線をそらし、誰に向けてでもなく呟くように言った。

「私の亡き母も優しいひとだった。オズウェルドもはじめは民に慕われる優しく穏やかな王だったのに、現在は誰をも道具としか見られない暴君と化してしまった。いまのオズウェルドは王の証《あかし》であるルビーに相応しい男ではない」

他人の反応は期待していない様子だったので、黙って聞いた。あの傲慢な王様が以前は優しく穏やかだったというのはにわかには信じがたい、とはいえ弟であるレイシュアが言うのだから事実なのだろう。

この国に、王に、オズウェルドとレイシュアの兄弟に過去なにがあったのか。気になりはしても、レイシュアが語らない以上は無神経に訊ねるのもためらわれる。

「カズイ。私は、ひとが大切にしているものを無理に取りあげるような真似はしないから安心しろ。おまえはそのサファイアとやらを大事にしてくれ」

和以が口をつぐんでいると、いっとき外していた眼差しを戻してレイシュアは淡々と言った。そのセリフを聞き、そうか、彼はこういう男なのだとどこかで納得し頷いて返した。

感情が見えない、あるのかないのかさえわからない。いってしまうならばひとの気持ちにとことん疎い。それでも彼は他者の存在やその意思を重んじようとしているのかもしれない。

大事にしてくれと告げられたペンダントを片手でそっと握りしめた。慈愛、誠実、徳望、サファイアの石言葉をふと思い出し唇を嚙む。

この石を残していった母親のような、慈愛に充ちた心の持ち主でありたい。しかし、恋をした男に騙され絶望し両手からなにもかもが消えていったいまの自分は、サファイアに相応しい人間とはいえないだろう。

朝食後、アジトの中を案内された。昨日はリーダーの指示を受けたエルにより八の間に丁重に追いやられ外から鍵をかけられたが、今日からはもうおまえを閉じ込めたりはしない、と言った通りレイシュアは自身のそばでは和以を自由に歩かせてくれた。

意思を尊重されているのだ、先ほどと同じことを考え少しほっとする。無策にここからひとりで逃げ出しても危険なだけだろうという理性的な判断というより、彼がそうしてほしいと言うのであればそばにいてもいいか、とただ単純に思った。

洞窟の内部は想像していた通り相当に広く、広間や八の間、食堂のような空間が連なり形成されていた。あちらこちらにひとの手は入っているものの、見る限りやはり自然洞窟だ。たくさんの部屋がある家みたいな造りが珍しいのかよくあるものなのかはわからない。

「昨日も言ったように我々は現在この、城の東に位置する森の洞窟に隠れ住み、反逆のチャンスを待っている」

薄暗い洞窟内を歩きながらレイシュアは隣の和以にアジトの説明をした。エルはふたりの数歩後ろにつき黙ってリーダーの話を聞いている。

「私の首には賞金がかかっている。オズウェルドは私の命を取ったものに多額の金と地位をくれてやるとのたまったらしい」

あっさり告げられたその言葉に驚き、ついレイシュアを見あげた。彼はオズウェルド王の弟だと聞いた。いくら敵対しているからといって、実の弟を相手にそこまでするものだろうかと眉をひそめる。

レイシュアはそんな和以の顔をちらと見ただけで、歩を緩めることもなく続けた。

「よって、命を狙う追っ手から逃れるために住まいは点々としている。城を出てからおよそ二年ほどたつが安住の地はない。しかしここは比較的長いな、数か月にはなる」

「……そうか」

「その間に城内への侵入経路を内密に確保した我々は、このアジトで息を潜め王を討つタイミングを見計らっていた。ところが昨日、『グラヴィ』が城に現れたという想定外の情報を得た。なので好機とおまえを王から奪いここへ連れてきた」

そうか、と今度は口に出さずひとつ頷いて返した。レイシュアの置かれている状況は、自分が考えていたよりも余程深刻であるらしい。おのが命を狙われつつも兄を倒さんとする彼の心境はどんなものなのか、苦しくはないかつらくはないか心痛めていないか？　そう思うと軽々しく口も挟めない。

「オズウェルドに『グラヴィ』を渡すわけにはいかない。やつにこれ以上強大な力を与えてはならない」

和以の覚えた複雑な感情には気づいていないようで、レイシュアは相変わらず淡々と言った。

「昨日、私はおまえに強引な真似をしたのだろう。謝罪する、気が逸《はや》っていた。しかし勘違いをしないでくれ。私はおまえの意に反することはしたくない、力をよこせと強要するつもりもない。ただ、おまえのもたらす力とやらを手に入れられれば王と対峙《たいじ》した際に有利となるはずだ、と考えてはいる」

「……おれにはまだわからないんだ」

「それで構わない」

王族へどうすれば力を与えられるのか、与えるべきなのか、そもそも自分がその相手を選んでいいものか。なにもわからないのだという意味を込めて口に出すと、レイシュアはあっさりと和以の言い分を受け入れた。力が欲しいのは本心ではあるのだろう、としても、いきなり服を引きはがそうとした昨夜のふるまいを彼は彼なりに反省しているようだ。

そこで彼はいったん立ち止まり、「ここは武器庫だ」と言って和以を連れ扉のない間へ足を踏み入れた。

武器庫では三人の男がサーベルやスピア、革鎧の手入れをしていた。見渡しても銃や弓といったものはないので、ルトナークでの戦闘は刃物を用いた接近戦のみということになる。和以にはずいぶんと前時代的に思えたが、昨日から見てきた限りでもこの世界ではそれが普通であるらしい。

三人の男は武器庫に現れたレイシュアを見て、慌てたように頭を下げた。怖がっているのではなく、リーダーとしての彼の存在を重んじている態度だと思う。

「いや、いい。普通にしてくれ。改めてみなに『グラヴィ』を紹介しようと歩き回っているだけだ」

レイシュアの言葉に彼らはそろそろと顔を上げた。いまは身軽な服を着ているが、いずれも兵士に相応しく逞しい身体つきをしている。

「彼が『グラヴィ』、王族に力をもたらすものだ。名をカズイという。なにかあった際には手助けしてやってくれ」

和以を手で示しレイシュアは淡々とそう言った。その言葉を受け三人の目がこれもどこかおそるおそる和以に向く。やはり黒い髪や瞳が気味悪く見えるのだろうかと不安を覚えながらも、新入社員に戻ったような気分で挨拶した。

「こんにちは。君島和以です。昨日は、その、お話しできませんでしたが」

「私はニコラといいます。カズイ様、どうかレイシュア様に『グラヴィ』の力をお与えください。あんな王をいつまでものさばらせておいたらこの国は終わります。だからオズウェルドではなくレイシュア様に」

こんにちは、と型通り返ってくるかという予想に反し、三人のうちのひとり、ひときわ身体の大きな男が乞う表情でそう言いつのった。年の頃は三十ほどに見える。

少々びっくりしてから、なるほどこの男も国の現状を憂い、だからこそレイシュアとともに行動することを選んだのだなと納得する。みな仲間だ、昨日船上でそう言ったレイシュアの言葉は正確なのだ。

「さ、様はやめてください、様は。和以と呼んでください」

とりあえずはつかえつつも主張すると、ニコラと名乗った男が和以と同様「し、しかしそれは」とたじろいだ様子を見せ、ちらとレイシュアに助けを求める視線を向けた。しかしレイシュアは察さずただ無言でやりとりを聞いているのみなので、諦めたのか迷う様子を見せつつもニコラはようやく挨拶らしい挨拶をした。

「……カズイさん。よろしくお願いします。なにかわからないことがあったら、なんでも訊いてください」

「ああ……。ありがとうございます」

「私がさっき言ったこと、本気ですから。どうかレイシュア様にこそ、力を」

和以さんというのが悩んだ末の落とし所だったらしい。なかなか素直で気のよい男のようだ。とはいえ、くり返された懇願に気安く、はいとは頷けない。

和以がうまく答えられずにいると、「それは強要すべきではない」とレイシュアが口を挟んだ。困惑する和以の心中を読み助け船を出したというより、彼は単純に仲間へおのが意思を示したのだと思う。

他のふたりとも簡単に挨拶を交わしたあと、レイシュアは和以を連れ武器庫を出た。部屋の外で待っていたエルとともに薄暗い洞窟内を歩き、次は調理場に案内される。

ふわふわとスパイスのよい香りが漂う部屋には、背格好や顔立ちがそっくりなふたりの男がいた。明らかに兵士の身体つきをした男たちがせっせと料理をしている姿はなんだか可愛《かわい》らしく見えた。レイシュアの訪れに頭を下げるふたりと、武器庫で交わしたものとほぼ同じやりとりをしてから部屋をあとにする。

「ランドニーとエイドリーは双子の兄弟で、この洞窟に住む我々二十人分の食事の用意を任せている。

他のものと同様、強くて気のきくよい仲間だ。料理もうまい」

　レイシュアと和以、エルの三人で廊下を歩きつつ、調理場にいたふたりの男についてリーダーはそう説明した。本人の前で言ってやればよろこぶだろうに、とは思ったが、面と向かって仲間を褒めるというのもなんだかレイシュアらしくないかと心の中で打ち消し黙って頷いておいた。

「キース！」

　そこで数歩後ろを歩いていたエルの声が聞こえてきたので、つい足を止め振り返った。彼の視線の先に目をやると、廊下の向こうに、壁の凹凸《おうとつ》へ器用に両足をかけ蠟燭《ろうそく》を交換している男の姿が見えた。

「なんですか！　どっかの蠟燭が切れてるならこの次に行きますよ！　それとも猪《いのしし》でも出ましたか、ならば取っつかまえて食いましょう！」

　和以よりは筋肉質とはいえさほど体型の変わらない男は、いかにも陽気な調子で振り向かぬままそう言葉を返した。短くなった蠟燭を手早く三、四本取り替え、よ、と声を上げて床に下りる。

　それからようやくレイシュアとその隣に立つ和以に気づいたらしく彼はまず目を見開き、他の仲間と同じく頭を下げる、のではなくいかにも嬉しそうに笑い駆け寄ってきた。

「レイシュア様！　お疲れさまです、見回りですか？　あっ、おれの服似合いますね、でもちょっと大きいです？」

　年齢は二十歳をいくつかすぎたころか、昨日今日見た限りでは、レイシュアの率いる反逆軍の中では若いほうだろう。あるいは最年少かもしれない。

キースという名は聞いたことがあるなと首をひねり、そうか、この服の持ち主だと思いいたった。レイシュアが確か食堂で同じようなことを言っていた。つまり彼のセリフの後半は和以に向けられたものだ。

リーダーを前にしても謎の『グラヴィ』と向かいあっても物怖《ものお》じしないのは、若いせいなのか元来の性格なのか。この薄暗い洞窟で、まるで太陽みたいな男だなと思った。

「カズイだ。仲よくしてくれ。と言わずともおまえなら仲よくなるか」

諌めるでも叱るでも、また笑い返すでもなく、レイシュアは常と変わらぬ声色でキースにそう言った。ひややかにさえ見えるその態度には慣れたものなのだろう、キースは「もちろん」と答えてがしっと和以の手を握った。

「よろしくお願いします、キースです！　カズイって呼んでもいいですか？」

「あ、ああもちろん。よろしく、ええと、キース」

彼の屈託のない笑顔と態度に半ば気圧《けお》されあたふたと言葉を返した。レイシュアに力を与えてくれと乞われることもなく、また、こちらが頼む前にはなから呼び捨てにされてなんだか妙に安堵する。明確にいやだと感じるわけではないにせよ、貴重な存在として特別扱いされるのは、いくら文字通りの異端者であれ少々すわりが悪い。

「キース。城への侵入経路の状況は？　まさかとは思うが、昨日の騒ぎでオズウェルドの手勢に発見されていないか」

レイシュアの問いに、キースはきはきと答えた。

「まさか、ですよ。全面戦争ってときのために昨日はあえて使わず取っておいたんですから、ばれるような下手は打ちません。念のため今朝こっそり見にいきましたけど、入り口は森の中なので足跡のひとつもなかったし、おれが完璧に隠しているので安心してください」

「地下の経路内部は？　城のほうから露見するようなことはないな？　崩れやひび割れは」

「城内から見つかることはないです、あっち側は石壁で偽装してますからね。もちろん崩れもしませんよ、石で周囲を固めておいたんで真上で熊が暴れても大丈夫です。まあちょっと狭いですけど屈めば歩けます。経路内を石で補強した以外はレイシュア様に下見してもらったときと変わってません」

　彼らのやりとりをまとめると要するに、この洞窟にいるあいだに用意したという侵入経路は、全面的な戦闘を行う際に使うべく今回は温存したということらしかった。昨日の彼らは『グラヴィ』の出現に浮き足立っていた城の状況を利用し、あくまでも不意打ちで和以を奪いに押し入っただけだ。めったに現れない『グラヴィ』が実際にこうして姿を見せた以上、レイシュアは、その力を自らのものにしてから万全を期してオズウェルドを討ちたいのだろう。

「キース。仕事に戻っていいですよ。ああ、のちほどお借りした服を返しにいきます。調達班にカズイ用の衣料を買ってきてくれるよう頼んでありますので、今日明日には手に入るでしょう」

「別にずっと使ってても構いませんよ？　おれの持ってる服、あんまり洒落《しゃれ》てないと思ってたけど、カズイが着ると格好よく見えますね。ちょっと大きいのが粋です。どうせなら似合うひとが着てください」

　キースはそこではじめてぺこりと小さく頭を下げてから、さっさと洞窟の奥へ去っていった。エルの「彼にはアジトの整備全般を任せているので、なにか困ったことがあったら頼ってください」という言葉を聞きつつ、軽やかなキースの後ろ姿を見送る。

「他のものはいま、正体がばれぬよう変装し食料や日用品を買い出しに行っている。使いに出しているものもいるが、いずれも今日中、遅くとも明日には戻ってくるだろうから、追い追い紹介しよう」

　同じようにキースの背を眺めながらそう声をかけてきたレイシュアの言葉は、あまり頭に入ってこなかった。遠慮なく意見を交わせる参謀、堅苦しいくらいに礼儀正しい男や陽気な青年、レイシュアには確かに信頼しあえる仲間がいるのだ。そんなことをいまさらのように思う。

　それに引きかえ自分はどうだ。

「カズイ？」

　返事もしなければ頷きもしない和以の様子を不自然に感じたのか、隣に立っていたレイシュアがこちらに視線を移したのはわかった。名を呼ばれ、黙っていればいいのかごまかせばいいのか、いくらかのあいだ考えたのちに顔をうつむかせてぼそぼそと言う。

「……信じあえる仲間がいるのはいいな」

　自分でもうんざりするほど暗い口調になり、洩れそうになる溜息をせめてと嚙み殺した。レイシュアが声を発さずにいるのでしかたなく隣を見あげると、感情のうかがえない視線で続きを促される。

また少し迷ってから、ここでなんでもないと告げたところでかえってみっともないかと言葉を続けた。

「おれにはいま信じられるひとがいないし、君にとってのこのアジトみたいな居場所すらもない。だからちょっとだけ、羨ましい。いや、この言いかたもおかしいな」

「信じていた仲間に騙されたからか」

聞き流してくれてもいいのに、レイシュアは平然とそう和以に問いかけた。他人にはまるで興味ございませんといった顔をしているくせにどうして突っ込むのだと、八つ当たりのようなことを思う。うまい返答も思いつかず小さく頷いて返したら、身を屈めたレイシュアに間近に顔を覗き込まれたものだから、どきりとした。

「おまえはもっと心のうちを話したほうがいい。私は他人の思いを推しはかるのが得意ではないので、声にされなければわからない」

告げられたセリフに、ひとの気持ちを察するのが下手な自覚はあるのかと僅かばかり驚いた。そんなことはどうでもよいと考えていそうなのに、彼は彼なりに自らの不得手について思うところがあるのかもしれない。

あるいは相手が『グラヴィ』であるからこそ気をつかってくれるのだろうか。

相変わらず返事もできず、目の前の美貌を見つめたまま固まっていると、今度はがしりと手首を摑まれこう続けられた。

「他のものがいると喋れないというのならふたりきりになろう。そうも暗い目をした人間をただ眺めているのは性に合わない。カズイ、ついてきてくれ」
「おい、ちょっと、レイシュア？」
エルをその場に残したまま、半ば強引に引きずられ、入り口の扉を開けたレイシュアに禁じられていた洞窟の外へと連れ出された。ひとりでは危険だが、レイシュアと一緒であれば森へ出てもいいらしい。おまえの意に反することはしたくない、先ほど彼はそう告げたから、やめろと言われない以上この行動は和以のいやがるものではないと判断したようだ。

動揺していたせいでレイシュアがなにをどうしたいのだかきちんと理解する余裕がなかった。それでも彼が、ふたりでもっと話をしようと提案していることはわかったので抗うのはやめた。

卓也も、オズウェルドも、自分を道具のごとく扱った。しかしレイシュアは彼らとは違い、こちらの感情を知りたい、重んじたいと思ってくれているらしい。

一見ひややかなこの男は意外と世話焼きな人物なのか、もしくは面倒見がいいのか？　食堂でも少し感じたことをまた考えて、なんとなく胸のあたりがくすぐったくなった。

洞窟の外はよく晴れていた。深い森の中なので直射日光が降り注いでいるわけでもないのに、いやに眩しく感じる。薄暗い地下空間にすっかり目が慣れていたためだろう。

「よい天気だ」

レイシュアは短くそう言ってから一拍の間を空け、カズイに目を向けて続けた。

「ここから南に行くと小さな川があるから、そこまで少し歩こう。あの場所から見あげる空はとても綺麗だ。おまえにも見てほしい」

空が綺麗だなんて、この男でもそんなことを感じるんだなと少々意外に思いつつ頷いた。レイシュアはそれを確認してから、カズイの手首を掴み直し木々の生い茂る中を歩き出した。

獣道すらない森は歩きづらかった。しかも足もとは現実世界から履いてきたままの革靴なのだ、慣れていないのに加えこんな靴ではろくに歩を進められない。

「アジトにはサイズの合いそうなものがなかったので、今日買い出しに行ったものにカズイ用の靴を調達してくるよう頼んである。服なら多少大きくても着られようが、靴だとキースのものでも緩いだろう。かえって足を傷める」

落ちた枝を踏んではよろめき時々小石にけつまずく和以を、手首を掴んだ手で支えながらレイシュアは素っ気なく言った。そこまで気にしてくれているとは予想外だと、これも少しばかりびっくりしてから素直に「ありがとう」と返した。昨日、いくら縛られていたとはいえ山も森もまともに歩けなかった和以を見かね、せめて靴くらいは用意してやらねばと考えたのかもしれない。

おそらくレイシュアは和以に合わせゆっくり歩いてくれたのだとは思う。それでも苦労はした。だから、十五分か二十分かしたころようやく木々が途切れ細い川が見えてきたときにはほっとした。

レイシュアが川辺の岩に腰かけたので、ならって隣に座った。そこでようやく人心地がついた。ほとんど無意識に吐息を洩らしあたりに目をやる。

見れば川の水は泳ぐ魚が目視できそうなほどに透き通っており、仰いだ晴天の空はレイシュアの言った通り実に綺麗だった。雲ひとつない青空に眩しく輝く太陽が、周囲の緑を美しく照らしている。時折通り抜けるそよ風が気持ちいいな、そこまで考えてから、その自分に驚いた。川の水が透き通っているだとか、空が綺麗で太陽は眩しく緑が美しい、風が気持ちいいだとか、そんな当たり前の感覚を味わったのは久しぶりだ。

現実世界のビル街で、自分はずっとうつむいていた。上を見れば空は快く澄み渡っていたのだろう、植え込みに可憐な花だって咲いていたはずだ。立ち並ぶ看板や夜のライティング、街を歩く人々の装いにも都会なりの楽しさや美しさがあったはずなのに、精神的に追い詰められていたせいでそう感じるだけの余裕がなかったのだ。

自分の目は絶望しか見ていなかった。なのにいま、空を眺めて綺麗だと思った。古くさい異世界でレイシュアの隣に座り、心の中にあるなにかやわらかいものがじわりと変化している。

「カズイ。先ほど言っていた、おまえを利用し裏切った仲間は、おまえにとってどのような存在だった？」

久々に実感した景色の美しさにしばらく見蕩《みと》れていたかったのに、レイシュアは相変わらずの遠慮のなさで淡々と問うた。しかしいまさら苛立ちもしなかった。この男はこういうやつなのだ、相手の思いをおもんぱからないのではなくわからないだけだ。

そもそも、彼はふたりきりで件《くだん》の話をしようと和以を森に連れ出したのだ。その話題に触れず、空が綺麗だ、ああ綺麗だねなんて当たりさわりない言葉を交わして終わるはずがない。

どう返事をすべきか。しばらく悩んでから、この男にここまでさせたのだから正直に喋ってしまおうと心に決めた。おそらくはいまが、誰かにありのままの心のうちを明かせるチャンスなのだろう。

「……仲間でもあったし、恋人でもあったんだよ。おれはあの男に心底惚《ほ》れてた。同性の恋人がいたと言って、君が理解してくれるかどうかはわからないけど」

「恋人？」

「愛しあっていたんだ。たくさんデートもしたし、キスもセックスもしたし、甘ったるいことを言いあって笑ってたんだよ。でも、あいつはおれにそう思い込ませてただけで、本当は自分の悪事のために利用してたんだ。おれ馬鹿みたいだろ。いや、みたいじゃなくて馬鹿だった」

馬鹿だったとうそぶいたところで言い訳にはならない、先刻そんなふうに断じたレイシュアは、今回はなにも告げず黙って川を見ていた。おまえの好きに話せということらしい。

なのでまた少し迷ったのちに、彼に甘えて湿っぽいセリフを声にした。

「好きだった。本当に好きだった。あいつに夢中になってたし、だからずっと信じてた。騙されてるなんて思ったこともなかった。いま考えればあいつはおれより数段賢かったんだな」

心中を吐露してから、さすがにみっともなかったかと隣を盗み見ても、レイシュアは相変わらず無言のまま川を眺めているだけだった。聞いていないというのではなく、口を挟まず聞いてやるから気がすむまで喋ればいいと示しているのだと思う。

彼の横顔は無表情で、呆《あき》れのようなものは浮かんでいなかった。もしかしたら内心では呆れているのかもしれないと僅かばかり怖くなったが、そうであればこの正直な男ははっきり口に出すだろうから気にする必要はないと、半ば無理やり自分に言い聞かせて話を続ける。

「おれは、実際にはあいつがやってた業務上横領の疑いを……ああいや、そんなの言ってもわからないか。つまりおれは、さっきも言ったように、騙されて、利用されて、裏切られたってこと。窮地に追い込まれた。相手があいつじゃなかったら耐えられたし戦えもしたんだろうが、無理だった」

そこでいったん言葉を切り、レイシュアの表情は確かめず「だって信じてたから」と続けた。ここまで喋ってしまえばいまさら、とはいえ大してダメージは受けていないよ、傷ついていないし苦しくもないよと笑ってごまかすこともできない。

ひとりも味方がいない中追い詰められていた自分は、こうして誰かに心の奥に閉じ込めた思いを黙って聞いてもらいたかったのだと、ようやくそれを自覚した。隠し事のできないまばゆい太陽の下、耳に入るのはおのが声と川のせせらぎと木々の葉が風に揺れる音だけ、そして、自分の告白を聞いているのは異世界の元王子様のみだ。

「あいつにとってはおれは道具にすぎなかった。ずっと信じてたから、そのことを理解したときには目の前が真っ暗になった。戦う力なんて湧かなかったよ。全部放り出して死んでしまえば楽になるんだろうと思った。苦痛から解放してやるからこっちへ来いと死神に誘惑されている気がした。おれは弱いな、でも、それがおれだから」

最後まで言い切ってから、ひとつ深呼吸をしてようやく口を閉じた。隣に座るレイシュアに視線を向けられず、黙って川を睨む。叱咤《しった》や嘲《あざけ》り、どんなセリフが返ってくるのか想像すると恐ろしい。こんなふうに心の内側までむき出しにしているときに、厳しい正論なんて突き刺されたら息が止まってしまうかもしれない。

レイシュアはしばらくのあいだ声を発さなかった。和以が口をつぐめば聞こえるのは川と木々の立てる音だけだ。その中で膝を抱えて、ついでに大きな不安も抱えて彼の言葉を待っていると、長い間のあと常と変わらぬ淡々とした声が聞こえてきた。

「おまえはいま、昨日までおまえが暮らしていた世界とは異なる世界にいる」

まず、ようやく彼が口を開いたことに安堵のような、恐怖のようなものを覚えてぴくりと肩が強《こわ》ばった。それから、どういう意味なのだと彼の紡いだ短いセンテンスを頭の中で必死にくり返す。

おまえはいま昨日までおまえが暮らしていた世界とは異なる世界にいる。それはその通りだが、だからなんだ？

和以の困惑には構わず、というより気づいていない様子でレイシュアは続けた。

「カズイ。おまえを騙したものはこの世界には存在しない。そして私はおまえを騙しはしない。道具だと思ってもいない。どうだ？　この世界はおまえがいた世界と似ているか」

　レイシュアの言葉につい息を詰め、それから再度深呼吸した。おまえを騙したものはこの世界には存在しない。つまりレイシュアは、そのような過去などさっさと乗り越え強くあれということではなく、いまの和以は裏切り者のいない世界にいるのだから、昨日までいた世界で味わわされた苦痛はひとまず忘れてしまえばいいと言っているのだろう。

　ずたずたに傷ついた心のうちまでは晒すまいと努めた朝食時とは違い、ふたりきりのこの空間で心の中に溜《た》まった絶望を隠さず吐露し、弱いのが自分だからと告げた。レイシュアは、そんな満身創痍《そうい》の和以をいまは否定すまいとしているのかもしれない。

　私はおまえを騙しはしない、道具だと思ってもいない。彼が発したそれらのセリフに泣きたくなるほどの安心感を覚える。確かにレイシュアとはそういう男だろう。昨日までは誰がなにを言っても信じることなどできなかったのに、彼の言葉は素直に信じられた。

　真っ直ぐで正直で他人の心を読むのが下手くそで、だからこそ彼は嘘なんてつかない。虚言でその場を取りつくろったり見栄を張ったり、ひとの感情を操ったりするような狡賢《ずるがしこ》い器用さはないし、器用でありたいと望んでもいないと思う。

　ならば信じてよいのだ。

「……似てるけど、似てないよ」

　息を大きく吸って、吐いて、震える心のうちをなんとか落ち着けてから、レイシュアの問いに答えた。

「陸があって川があって、太陽と空と木々があって風が吹いていて、そういうのは同じだよ。でもおれはずっと、太陽が眩しいとか空が綺麗だとか、緑は美しくて風が気持ちいいだとか、見てなかったし感じられてなかった。余裕がなかったから。でもいまは……そうだな、ちゃんとわかるようになってきた」

「そうか」

　レイシュアは短くそう返してから隣の和以へようやく顔を向け、特に笑うでも、かといって冷たい表情を浮かべるでもなく、無表情のままさらりと言った。

「自ら死のうと思い詰めていたものに、陽のあたたかさや風の心地よさが感じられるだけの余裕が生まれたのであれば、まずはそれでいいのではないか？」

　いつも通りの淡白な口調に、むしろほっとした。この男の言葉には嘘がない、改めてそう感じ、胸のあたりがなぜか少し苦しくなる。どう言い表せば正確なのかは知らないが、不快なのではなく快い苦しさだ。

　昨日、今日、接している時間はまだ短い。それでも慣れてきたしわかってきた。ひややかな顔をしているからといってレイシュアは別に怖いだとか心底冷たいとかいうわけではない。というよりこうして和以が喋りやすいようにふたりきりの場を作り、黙って話を聞き、そのあとには嘘偽りない言葉を返してくれるだけ優しいところもあるのかもしれない。

彼は冷たいわけでも意地が悪いわけでもないんですよ、本当は優しいひとです。そんなことを言ったのは確かエルだったか、ならばきっとそれは事実なのだと思う。そして彼はあのときこうも告げた。

――ただきっと、いまはあたたかい心をいっとき忘れているんでしょう。しかたがない。

あのセリフはどういう意味だったのかと考えていると、不意に背後の木々が不自然に揺れる音がした。はっとして振り返ったら、数メートルの距離を置いてこちらを睨んでいる狼の姿が見えた。狼をはじめとする凶暴な野生動物がいるのだと聞いてはいたものの、つい昨日この森へ来たばかりでこうも早々に遭遇するとは想像していなかったためびっくりする。

川に水を飲みにきたのだろう、しかしそこに思わぬ先客がいたので警戒しているのか、狼は低い唸《うな》り声を上げていた。子連れのメスらしく、陰に隠れるように身体の小さな子狼がその脇腹にぴったりとくっついている。守るべき子どもがすぐそばにいる状況で、進退窮まった母狼は余計に緊張している様子だった。

慣れたものなのかレイシュアは音もなく立ちあがり、常に腰のベルトにつけているホルダーから刃渡り二十センチメートルほどのダガーを取り出した。追い払おうとしているだけだ、とわかりはしたが、慌てて立ちあがり彼の手を摑んで止めた。もし狼が傷を負うようなことがあれば可哀想《かわいそう》だ、恐怖よりも先にそんな気持ちが心に生まれる。

「カズイ。離せ」

「駄目だ。おれの母親なら、それにきっと君のお母さんだって同じように子どもを守ろうとしたはずだろ。怖がらせないでくれ」

「カズイ、待て」

背後から珍しくも少々焦ったような声が聞こえてくる。それを無視して和以はそっと狼に歩み寄った。飛びかかられたらどうしよう、噛みつかれたらどうしよう、そうした危機感はいっさい覚えず、かわりになぜか妙な親しみが湧いた。

大切なものを守ろうとする姿は気高く美しい。

こみあげてきたそんな感情と連動するように、胸もとのサファイアのペンダントが微かに光るのがわかった。それと同時に、狼のまとっていた警戒心がふっと消えたように感じられた。

「大丈夫だ。怖くない。おれは君を傷つけないし、君の子どももいじめないから」

歩を止めず間近まで歩き、ゆっくりと手を差し出して狼の被毛《ひもう》を撫《な》でた。少し硬い毛がてのひらに与えるちくちくとした刺激さえもがなんだか愛《いと》おしく思える。

警戒を解いた狼は吠《ほ》えもしなかったし、逃げ出しもしなかった。まるで飼い犬のように従順に尾を振ってカズイの手を受け入れている。

「子ども、可愛いね。触ってもいいか？」

身を屈めて訊ねると、母親らしき狼は構わないというように和以と子どもを交互に見た。なのでその場にしゃがみ込んで「こんにちは」と声をかけ、小さな狼を撫でた。こちらは母親よりも被毛がやわらかくふわふわとしている。

子狼は和以のてのひらが気に入ったのか、嬉しそうに手にじゃれついてきた。なんとも可愛らしい。目を細めて撫でていると、後ろからレイシュアの声が聞こえてきた。

「ここにはおまえを信じるものがいるではないか」

びっくりして振り返ったら、ダガーをホルダーに収めたレイシュアが川辺に立ったまま和以と狼を眺めていた。

「おまえも彼らを信じているから、そうして狼に触れられるのだろう？　おまえはおまえの力でまずはふたり、信頼しあえる仲間を作ることができたな」

そう告げたレイシュアの声は、どこか穏やかさを感じさせるものだった。はじめて聞く声色に今度こそ大いに驚く。彼はこんな声を出すこともあるのだ。正直にいえば、考えたこともないくらいに意外だった。

「どうした？」

目を丸くしている和以がなにを感じたのかこれっぽっちも把握できていないらしく、レイシュアはむしろ自身のほうが意味がわからないというように小さく首を傾げそう言った。これ以上変な顔をして彼を不思議がらせるのもおかしいかと、「なんでもない」と返しぎくしゃく狼に視線を戻す。

子狼がもっと構ってというように和以を見つめていたので、木の枝や落ち葉が敷き詰められた土の上に座って両手で被毛を撫で回した。気持ちがいいのか楽しいのかされるがままになっていた子狼は、いくらかのあと座り込んだ和以の足に乗りあげ、やわらかな舌で顎のあたりをぺろぺろと舐《な》めた。す

っかりなつかれてしまったらしい。

「おい、舐めるのは勘弁してくれよ。べたべただ」

頭を撫でて身を引くと、子狼は吠えるのではなく甘えるように小さく鳴いた。まったくもって可愛い。

子どものころ、まだ両親が生きていたときに犬を飼っていた。しきりにてのひらへ身を寄せてくる子狼を見ていたら、毎日毎日いまと同じように犬と遊んでいた当時の記憶がふと蘇ってきた。

彼は互いに信じあえる大切な家族だった。無条件で愛していたし、また愛されてもいたと思う。そしていま、レイシュアの言葉を借りるなら、この狼の親子も信頼しあえる仲間になったというわけだ。

嬉しい。単純にそんなふうに感じられる自分は、きっと悪くない。

木の実を転がしたり枝を振ったりして、じゃれついてくる子狼とひとしきり遊んだ。母狼は、我が子になにかあったらと監視する眼差しではなく、優しい目をして和以と子狼の様子を黙って見ていた。信用されているのだと改めて実感し、心の中がじわりとあたたかくなる。

「おまえでも笑うんだな」

レイシュアのそんな声が聞こえてきたのは、子狼と戯れしばらくたったころだった。言葉の意味がわからず振り返り、そこで、自分が確かに笑っていることを自覚した。

びっくりした。卓也に裏切られて以降は笑顔なんてものは忘れていた。楽しい、嬉しい、愛おしい、ひとに笑みをもたらすそうした感覚は失っていたはずなのに、自分はいま確かに笑っている。それだけ子狼と遊ぶのは楽しく信頼されるのは嬉しくて、また飛び跳ねる姿を愛おしいと感じているのだ。

死を望み踏み入ったあの山奥からおのが意思など関係なく呼び寄せられたこの異世界で、自分は笑える。

「そんなに驚いた顔をするな。笑っていてくれ」

自らの変化に理解が追いつかず半ば唖然《あぜん》としてレイシュアを見つめていると、今度はそう声をかけられた。自身が近づけば狼に警戒されると判断したのか、レイシュアは川辺から一歩も動こうとはしない。

「カズイ。暗い目をしているより笑っているほうが、おまえには似合う。おまえの笑顔は好ましい」

あっさりした調子でなかなか胸に迫るセリフを告げられ我慢ができなくなって、「じゃあまた遊ぼうね」と子狼に言い慌てて立ちあがった。服にくっついた木の葉を雑に払って母狼に手を振り、駆けるようにレイシュアのもとへ戻る。

「もういいのか？　時間はあるから彼らともっと遊んでいても構わない」

淡々と告げられ、首を横に振ってもういいと示してからレイシュアをじっと見つめた。いま自分が笑えるのは二匹の狼のおかげではあるが、同時に、太陽も眩しいこの森へ誘い出し、辛気くさい和以の話を黙って聞いてくれた彼の力でもあると思う。

なにを言えばいい？　どうすれば伝わる？　少しのあいだ悩んでから、洒落た言葉なんて使ってもかえってこの男は理解しないかと考え短く言った。

「ありがとう」

にっこりと笑えればいいのに、なんとか浮かべた笑みは相当ぎこちなかったと思う。レイシュア曰く好ましい笑顔ではなかったろう。それでもレイシュアは僅かばかり目を細めて和以を見つめ返した。それは表情といえるほどのものではなかったが、和以の目には充分に穏やかな面差しに見えた。

「なにがだ？　彼らを仲間としたのはおまえ自身だ。なぜ私に礼を言う？」

「そうだけど、そうじゃなくて、ありがとう。余裕がなかったおれに、空が綺麗だとか風が気持ちいいとか教えてくれたのは君だから。余裕がないままだったら、多分おれは彼らと遊べてないから。あ……その、うまく言えないが」

　レイシュアの問いになんとか言葉を探して答えてはみたものの、我ながらずいぶんと下手くそな返事になった。それでなくても他人の感情には疎いレイシュアにはやはり通じなかったようで、彼は少しのあいだ黙って和以を見つめたのちに「まあいい」と言い話題を変えた。

「少し遠回りして洞窟に戻ろう。狼たちにとっておまえは仲間でも私は敵だ。しかし野生動物を手《て》懐《なず》けるとはそれも『グラヴィ』の力なのか、不思議なものだ」

　まだそこにいる狼を避ける方向にゆっくりと川辺を歩き出した彼が口に出したそんなセリフで、先刻なぜかペンダントが光ったことを思い出した。あの瞬間に狼から警戒心が消えたのだ。

　もしかしたら、いまは光も収まったこのサファイアにはなんらかの力があるのかもしれない。しかしそれが、持ち主が『グラヴィ』である自分だからこそなのか、『グラヴィ』云々とは無関係なのかがわからなかったので、声は返さなかった。

自分を見送る狼たちにちらと視線を向けてから、すぐに前を歩く彼の隣に並んだ。森を歩き空や川を眺めて心のうちを吐き出し、狼と戯れて笑った。そうしたら、笑っているほうが似合う、おまえの笑顔は好ましいと言われた。短い時間に起こったそれらの出来事に、荒《すさ》んでいた心が洗われたような気持ちになった。

愛しあっていたはずの卓也はひとが変わったかのごとく冷たくなった。誰も彼もから疑いの目で見られる会社は針のむしろのようで、現実社会には居場所がなくなっていた。

なのに、いまここにいるレイシュアや彼の仲間たち、子連れの狼も、自分を邪険には扱わないのだ。

この森には、そしてレイシュアの隣には、自分の居場所があるのだと感じた。

洞窟に戻りエルを交えて昼食をとったあと、再び三人でアジト内を歩いて回った。

彼らのアジトには最初に連れ込まれた広間、閉じ込められた八の間、食堂、武器庫に調理場、物置があり、あとは一から七の間までが仲間たちが数人ずつで使うプライベートな部屋になっているらしい。ちなみにレイシュアの私室は十の間、エルは九の間だとのことだ。考えていた通り相当に広い洞窟だ。

午後は、食料や日用品の調達に行っていたという仲間がぱらぱらと帰ってくるたびに、レイシュアからひとりひとり紹介された。態度の硬いもの、やわらかいもの、極端にかしこまるものから人懐こいものまで、彼らは各々違った個性を持っていたが、いずれも一本筋の通った信頼に足る仲間に思われた。

なにより彼らがリーダーであるレイシュアを信じ尊重している様子がはっきりと伝わってくる。レイシュアとその仲間は、現王を倒すという目的のもと強い絆《きずな》で結ばれているのだろう。

遠方へ使いに出ているという数人以外の仲間すべてと顔を合わせているうちに、いつのまにか夕刻になっていたようで、エルから「そろそろ夕食の時間です」と声をかけられた。洞窟内には時計がないため、レイシュアたちのようにこの場での生活に慣れていない和以には、いまいち時間の感覚が摑めない。

町で買ってきたのか、夕食には鶏《とり》肉の煮込み料理が用意されていた。レイシュアと和以、エルのために食器をテーブルへ並べてくれたのが、双子の兄弟ランドニーとエイドリーのどちらなのかそっくりなので見分けがつかない。

「ありがとうございます。おいしそう」

訊ねるのも申し訳ないかと名は呼ばないままそう言ったら、彼はきょとんとしてから慌てて深々と頭を下げた。洞窟を訪れて二日目、『グラヴィ』は彼らにとってまだまだ特別な存在であるらしい。ただの君島和以として気楽に接してくれたほうが嬉しいのになと口には出さずに考えた。

「レイシュア。この洞窟では、料理とか蠟燭に使う火をどうやってつけてるんだ？」

食事をとりながらいまさらの疑問を声にすると、上品に料理を口に運んでいたレイシュアに、当たり前のように「石だが」と答えられて力が抜けた。もちろんライターなんてなかろうと思ってはいたにせよ火打ち石とは恐れ入る。

それまで無言でいたエルが、テーブルに並ぶ皿が空になったタイミングで口に出したのは、こんなセリフだった。

「あなたも笑うんですね、カズイ」

指摘されてから、そういえば先ほどランドニーだかエイドリーだかに礼を言った際に笑ったな、と思い出した。だから彼はきょとんとしていたのか？　暗い目をしていた男がはじめて見せた笑顔に、エルもまた、露骨に驚きましたという顔はしていなくてもびっくりしたのだろう。

太陽が眩しかったから、空が綺麗だったから、狼が可愛らしかったから、なにをどう説明すればいいのか困ってしまった。助けを求めてレイシュアに視線を向けると、彼はやはりなにひとつ察さず和以の意図とはまったく違う言葉を口に出した。

「どうした？　カズイ。眠いのか。慣れない土地でよく動いたから疲れたのだろう。無理せずにそう言えばいい」

溜息はのみ込んで頷いてみせた。まだちっとも眠くはない。とはいえ、愚痴を聞いてもらったのだとかそのおかげで気が晴れ動物が愛おしく思えたのだとか、エルに森での出来事を詳細に告げるのもなんだか小《こ》っ恥《ぱ》ずかしい気がしたので、ここは彼の言うように眠いですということにしたほうがいいかもしれない。

　和以の肯定を受けレイシュアはさっさと立ちあがり、「エル、我々は先に休む。急用があったら呼んでくれ」と淡々と告げた。どうしたらいいものかと戸惑っている和以についてこいと仕草で指示し、他にはなにも言わず先に食堂を出る。

　レイシュアは和以を連れて黙ったまま洞窟の奥へ向かった。突き当たりには重そうな扉が設置された間があり、中へ入れと促される。八の間とは異なり鍵はかかっていないようだ。

「……君の部屋じゃないのか？」

　おそるおそる訊ねると、あっさりと返された。

「そうだが？　私は今朝、おまえがいつ『グラヴィ』の持つ能力を発露させるかわからないから、私がここにいるあいだはそばにいてほしいと言った」

「いや、だから、君の私室でおれも寝ろというのか」

「そうだ。なにか問題があるのか」

　問題はあるだろう、なんて感じるのは同性愛者である自分がレイシュアを意識しすぎているだけか。そう考えると彼のセリフに過剰に反応するのもみっともない気がして、短く「いや」とくり返すにとどめた。

　通されたレイシュアの部屋はそこそこ広かった。食堂と同じような大木を切りっぱなしにしただけのテーブル、まわりにあるもののみで作ったのだと思われる木製の棚と低いベッドがある。森の中なのでそうした材料には事欠かないのだろう。

　そして、壁にはダガーや長いサーベルなどの武器がいくつも並んでいた。それらを目にし、この男は王の殺害を企てている反逆軍のリーダーなのだと改めて実感する。

「私は、必要とあらばひとを傷つけることに躊躇《ちゅうちょ》はしない」

　武器に気を取られている和以の背後でレイシュアが淡白に言った。

「そうでなければオズウェルドを倒せないどころか、自分や仲間が殺される」

　その言葉につい振り向いてレイシュアを見ると、真っ直ぐ見つめ返された。この男は命を狙われている賞金首だ、そんな事実をもまた改めて思い知らされなんとなく肌が冷える。

　追っ手から逃げて洞窟に隠れ住み、王を討ち倒すチャンスを見計らっているレイシュアは、自らの立場についてどんなことを感じているのだろう。読み取りたくても彼は相変わらずの無表情で、僅かにもわかりはしない。

　少しの沈黙のあと、レイシュアは和以をじっと見つめたまま続けた。

「私はおまえを離さない。『グラヴィ』を渡すことでオズウェルドにこれ以上の力を与えるわけにはいかない。強引な真似をするつもりはないが、どうしても逃げ出そうとするのなら私はおまえの命をもらわねばならなくなる。だから逃げるな。ひとつしかない大切な命を粗末にするなよ」

　彼が、逃げれば殺す、と告げていることは理解できた。しかしその口調が脅しというよりは言い聞かせるものだったので、さほどの恐怖は湧かなかった。

なにもかもがもうどうでもいいと、なりゆき任せにここへ連れ込まれた昨日とは違い、いまの自分は正直な感情として彼のそばにいるのは悪くないと思いはじめているのではないか。おのれの頭の中に、刻んで食うなり鮮血を浴びるなり好きにしろというあのときの投げやりな気持ちも、また、逃げようという意思も見当たらないのはつまりそういうことだ。

いくらか考えてから「別に逃げたいとは感じていない」と返すと、レイシュアはそれでいいというようにひとつ頷いた。そののち部屋の隅にあった布袋を手にし、中から取り出した靴と何着かの衣服を和以に渡した。レイシュア、あるいはエルの指示で調達班が入手し、そこへ置いておいたのだろう。

逃げるなという命令とはずいぶん裏腹な行動だなと、ちょっとばかりおかしくなった。歩きやすい靴に身体に合った服、こんなものを与えればかえって和以が逃げやすくなる。つまりレイシュアは現時点で、和以がおのがもとから逃げ出すとは考えていないのだ。別に逃げたいとは感じていないというセリフを頭から信じたからこそこれらを差し出した。

相手の言葉を疑わない純粋な男、というより彼はいま和以のことを仲間のひとりであると認識しているのかもしれない。彼は仲間を信じており、だからこそ仲間も彼を信じる。こんなふうに真っ直ぐに信頼されれば、誰だって彼を謀ろうなんて考えられなくなるに違いない。

信じあえる仲間がいるのはいいな、森へと連れ出される前にそんなことを言ったのは自分だ。子連れの狼だけでなく、自分はレイシュアたちとも仲間になれる存在だろうか。

「なあ、レイシュア。君はそんなにもオズウェルドを倒したいのか。実のお兄さんなんだろ」

特に他意もなく訊ねたら、レイシュアははっきりと眉をひそめた。彼の表情らしき表情を見るのはほとんどはじめてのような気がする。

つい、どきりとしていると、テーブルの前に座ったレイシュアに、おまえも座れというようにベッドを指さされた。大人しく従った和以に向かい、レイシュアは難しい顔をしたまま「あれは駄目だ」ときっぱり言い切った。

「昨日も言った通り、我が国ルトナークは現在オズウェルドによって支配されている。やつは独裁者だ。誰の声にも耳を貸さず政治権力のすべてを掌握し国を私物化している。だから誰もやつに意見することができなくなった」

「王様ってのはそんなに偉いのか？　この国には自浄作用がないのか」

「王は絶対権力者だ。だからこそ民の声を聞く人格者であらねばならないのに、オズウェルドはただの暴君だ」

昨日まではそこの住人だった現実世界を思い浮かべながら訊ねたら、レイシュアからそう説明された。絶対王政か。この世界、少なくともこの国には、文明と等しく和以から見れば何世紀も前の仕組みが根づいているらしい。

「オズウェルドは国民に兵役を強い、裏切れば、あるいは役に立たなければ制裁を下すという恐怖心を兵士に植えつけ強力な軍事力としている。それをもって自らの力を絶対的なものにしたということだ」

　レイシュアのセリフにまず首を傾げ、それから頷いた。和以にとっては言葉だけ聞けば理解しづらいところもあるが、昨日見たオズウェルドの姿や、彼の兵士への態度を思い起こせば納得できないでもない。

「よって官僚たちは王に従順だ。その理由が、兵士と等しくそうしなければ生きられないという恐怖心からであれ、現在の情勢を利用し甘い汁を吸おうとする腐った計算なのであれ、表立って王に逆らえる、逆らおうとするものはいない」

「いや、でも、官僚が言いなりだとしたって国民はさすがに怒るだろ」

「官僚たちは自らの保身のため、命ぜられるまま民を王の独裁に従わせている。民は兵役を課せられているのみならず行動の自由を奪われ金を搾り取られている。さらには国内のすべてに行き届いている監視の目により言論統制がなされ、異議を唱えるものは投獄、処刑といった手段で弾圧される。武力を持たぬ民たちだけが怒ったところで無駄だ」

　またいくらか考えてから、もう一度頷いた。自分が生まれ育った世界の常識は、この国では通用しないのだということはわかった。

　官僚だって国民だってきっと、現在の国のありようは普通でないと把握してはいるのだろう。しかし口に出すことはできないというわけだ。言ったところでなにも起こらないどころか暴君からひどい目にあわされるだけならば、大人しく従うしかない。

「他の国は？　ここ以外にまともな国はあるだろ、文句を言われないのか。経済制裁とか戦争とか起こらないか」

覚えた疑問を口に出すと、レイシュアは首を左右に振って答えた。

「先にも言った通りこの国には独自の強力な軍事力があり、また農産物等の生産量も多い。下手に口出しをして王の不興を買えば不利益を被るため、他国からは危うきに近寄らずといった腫れ物扱いをされている。異常な国は放っておけと見捨てられたようなものだ」

腕を組んで視線を落とし、つい唸った。なんとも悲惨な状況だ。そんなありさまではオズウェルドの力は増すばかり、そして国民たちはさらに圧迫されるだけだ。昨日、船を下りた湖からアジトまで歩く途中に見た、生気のない人々の姿を思い出すと、やはりどうにも複雑な気分になる。

「オズウェルドは権力という魔物に取りつかれおかしくなってしまったのだろう。無慈悲な力のみで人々を従わせるようなものは、国の王に相応しくない。亡きものとしなければやつの所業は止まらない」

レイシュアの、それまでより低い声に顔を上げると、彼は壁に並ぶ武器を睨んでいた。決意、というより殺意を秘めた眼差しに見える。この男はそれほどまでに強く、王を消し去りたいと願っているのだ。

それは実の弟を賞金首にしたためなのか、ただただ国の現状を憂いているからか。

「……君は、エルが言っていたように、国へ平和をもたらすためにオズウェルドを殺したいと思っているのか？」

　訊いていいのかいけないのか少々迷い、そののちに、いまさら遠慮をしてもしかたがないかとストレートにそう問うた。レイシュアはベッドに腰かける和以に視線を戻し、それまでは垣間見えていた難しげな表情さえ消して答えた。

「さて。過去には確かにそう考えていたし、いまも変わっていないはずだが、あのころなにを感じていたのか、いつからかはっきりと思い出すことができなくなった。頭ではわかっていても心がどこかへ逃げてしまったようで」

　彼の返答に胸のあたりがずきりと痛くなった。心がどこかへ逃げてしまった、というレイシュアの言葉はきっと正確なのだろう。感情を欠くようだ、何度もそう思ったのだ。

　ならばなぜ彼は、心をおのがてのひらから逃がしてしまったのか。

「私の母は早くに亡くなり、また六年前に先代王であった父も死んだ。そのため兄が玉座を継ぎ、私は彼を支える立場となった。オズウェルドは、はじめは配下にも民にも慕われるよき王だった。しかし四年ほど前のある日を境に暴君と化した」

　話題が少し変わったのでいつのまにかうつむいていた顔を上げると、レイシュアは真っ直ぐに前を向いていた。石造りの彫刻のような無表情は怖いくらいに美しかった。その視線はまさに彫りもののごとくなにをも見ず、和以さえをも素通りしているように感じられた。彼はあるいはおのが過去を見つめているのかもしれない。

「疑問を覚えた私が意見しても王は聞き入れず、私の発言や行動は抑え込まれた。そして一年ほどで国には完全に王による独裁政治が敷かれた。私の覚えた疑問は危機感へと変わった。意を決して苦言を呈したのは二年前、当然王は聞く耳を持たず剣を抜き、私は危うく殺されるところだった」

　そうか、と相槌《あいづち》を打つのもおかしい気がしたので黙って聞いていると、レイシュアはまるで他人事のように淡々と続けた。

「私は、世話係だったエルを含めた数人の賛同者とともに城から逃げ出した。すぐさまオズウェルドより首に賞金をかけられたが、それでもはじめのうちは機会を待って再度王と話しあおうと思っていた。しかしいつしか考えが変わった。そう手ぬるいことを言っている場合ではない、やつは殺さねば駄目だ」

　なぜ考えが変わったんだ、と訊ける雰囲気ではなかったので、軽く頷くにとどめた。レイシュアはそれを見ているのかいないのか、相変わらず感情のひとつも感じられない声で言葉を連ねた。

「以降、私は財産や地位を欲する追っ手から姿を隠し、秘密裏に王を倒す画策を進めてきた。その足がかりとして、目下、不本意にも王に力を封じ込められている元権力者たちから協力を得るために、国中を歩き彼らを説得して回った」

「……資金や武器をこっそり都合してもらうとかか？　君たちが食料や日用品を買うための金を持っていることも、こんな状況なのに武器に不自由してない様子なのも不思議に思っていた」

「そうだ。武術に優れ、かつ私と行動をともにできる兵士を譲り受けもした。それがいまの仲間の大半だ。また、いざ王と戦うときが来たら他の兵も貸してくれるよう約束を交わした。破格ともいえる支援だが、彼らも王から苦汁を舐めさせられている立場だ、表立っては動けずとも私が動くのならば乗ろうと考えたのだろう」

　つい口を挟んだ和以に、レイシュアはもったいぶる様子もなくそう説明した。ここまで『グラヴィ』に、ではなく自分に対して赤裸々に機密事項を語ってしまっていいものかと少々意外に思う。それだけレイシュアは和以を信用しており、同時に、隠し事はしないから自身のことも信じてくれと示してもいるのかもしれない。

　元権力者を説得し協力を仰いだという彼の言葉に、納得はした。暴君を討つというはっきりとした目的に従い、冷静に着実に行動するレイシュアは、力を封じ込められている彼らから頼もしく感じられているに違いない。国のありかたに疲弊しているものたちにとってレイシュアは希望であり、また彼の持つ力は魅力的に見えるはずだ。助けになろうと考えるのも頷ける。

　しかし、彼の心は逃げてしまった。本人がそう言うのだから確かなことだ。

「現在はそうして集まった仲間とともに力を蓄え機会を待っている。先に説明した通りだ。しかし失ってしまったものもいる。仲間の幾人かは私の命を狙う追っ手により殺された」

　静かに告げられたレイシュアのセリフに、先刻覚えた胸の痛みが増した。彼の心は、ひとり、ふたりと仲間が死んでいく過程で薄れてしまったのではないか。そう考えると、どうしようもなく哀しくなる。

はじめのうちは再度王と話しあう機会を待っていた、つまりは命まで取ろうとはしていなかった彼が、もう兄を亡きものにするしかないと決意した。やつは殺さねば駄目だと口に出すまでになるほど彼は幾度も危機を味わい、また仲間を奪われてきたわけだ。

エルはレイシュアについて、本当は優しいひとだと言っていた。ただきっといまはあたたかい心をいっとき忘れているのだ、そんなふうにも表現した。城から逃げ出して以降二年間ずっとレイシュアのそばにいた参謀の見解なのだから、事実から大きく外れているということはないはずだ。

ふたりきりで語らおうと和以を森へ連れ出し、川辺で話を聞いてくれた。太陽の眩しさや風の心地よさを思い出させてくれた。彼のおかげで、絶望感に苛《さいな》まれ笑顔を忘れていた自分は笑えるようになったのだ。

レイシュアの心根はエルの言う通り事実優しいのだろう。しかし彼は、命を狙われ続け、また大事な仲間が犠牲となり死んでいくうちに、本来持っているあたたかな心を忘れてしまった。

真の目的はこの国を平和にすること、エルが告げたその意識はレイシュアの中でも確かなものとして存在はしているのだと思う。しかしいつからか、自らのせいでこれ以上仲間を失う前に亡きものにしてやるという兄への殺意のほうが、そうした大義よりも強くなっていったのだ。だからこそ彼からは感情を欠いているような印象を受けるし、レイシュア自身も心が逃げてしまったと感じている。

そんなのは哀しい。胸に抱くものが殺意だけでは生きていられない。

「我々には、いや、私には、王を殺すには今少し力が足りないんだ」

頭の中でレイシュアの心境を考え切なさを覚えている和以に、不意に立ちあがった彼がそう言いながら歩み寄ってきた。美貌を見あげる前にいきなり押し倒され、自身もベッドに乗ったレイシュアにのしかかられて驚きのあまり息が止まる。

「カズイ、『グラヴィ』であるおまえなら王族に力を与えられるはずだ。与える相手をおまえの意思で決められるのであれば、オズウェルドではなく私を選んでくれ。私も王族だ、それとも私では不満か」

やめろ、とひと言告げればレイシュアはどいてくれるのだろう。この男は単に相手の気持ちを察せないだけで、重んじないわけではない。そうわかりはしても、一瞬の驚愕《きょうがく》のあと心に充ちたものが明確な嫌悪でも拒絶感でもなかったため、そのひと言は口に出さなかった。

とはいえ大いに困惑したのは事実だ。どうしたらいいのかわからない。

レイシュア側の意見でしかないにせよ、話を聞く限り、オズウェルドが王に相応しいとはいえないのは確かだ。そして自分も実際にこの目で奴隷のごとくうつむき歩く人々の姿を見た。国民にあんな生活を続けさせていてはならないだろう。

とすれば、『グラヴィ』が王族にもたらす力とやらは、オズウェルドに奪われるよりもレイシュアに与えてやったほうがいいのかもしれない。実の兄を殺させたいとまでは思わないが、少なくともこの男ならば国の現状を変えてくれる、そう考えはじめている自分をおかしいとは感じない。しかしその方法が本当にわからないのだ。

「サファイアの色が違う？」

和以が眉をひそめて考え込んでいると、そこでレイシュアが不意にそう呟いた。意味がわからず首を曲げ彼の視線の先に目をやったら、押し倒され胸もとから布団の上に滑り落ちていたペンダントが見えた。

サファイアは確かにいつもと様子が異なっていた。美しさがそこなわれているというのではないにせよ、すっかり見慣れた澄んだ青色が、いまは僅かに緑がかっているような紫がかっているような、なんとも言い知れない色合いを示している。

なぜだ。もうずっと長いあいだ毎日身につけているのに、現実世界ではこんなふうになったことはない。

「そういえば、森で子連れの狼に出会ったときには少し光っていた」

レイシュアの言葉に、確かにそうだったと思い出した。胸もとでペンダントが微かに光り、それと同時に狼から警戒の気配が消えたのだった。

「カズイ、おまえはこの石の色や輝きをおのが意思で変えられるのか？」

ベッドの上に組み敷かれたまま問われ、首を左右に振って正直に答えた。

「そんなことはできない。狼に出会ったときは、子どもを守ろうとする母親は格好いいなとか愛おしいなとか感じたら勝手に光っただけだ」

「なるほど。この石はおまえの心を映しているのか」

ひとり納得したようにレイシュアはそう言い、複雑な色を呈しているサファイアをじっと見た。しばらく彼の言葉の意味を考え、そうか、つまりこの世界では、サファイアは自分の思いに同調し光ったり色を変えたりするのかと和以もようやく理解する。

「触れても？」

短く訊ねられたので頷くと、レイシュアはそっと指先でペンダントに触れた。それが和以にとっての大切なものであると把握しているからこその慎重な手つきなのだろう。

「綺麗で、優しい色だ。意思の強さも感じる。しかし、なににどう染まればいいのかわからないと困っているような色でもあるな」

すぐにサファイアから手を離したレイシュアがそこで不意に、ほんの僅かにやわらかく笑ったので、昨日スーツを引きはがされそうになったときよりも、ついいましがたベッドに押し倒されたときよりも余程びっくりした。この男でも笑うのか。自分の勘違いでないのなら、そして絶対に勘違いではないのだが、微かとはいえレイシュアが笑う顔などはじめて目にした。

思わず唖然と彼を見つめていると、レイシュアは意外にもあっさりと和以に覆いかぶさっていた身を起こした。そのまま隣で仰向けに横たわった彼に視線を向けたら、彼は天井に目をやり熱くも冷たくもない口調でこう告げた。

「私は強くなりたい。先ほども言った通り、おまえが『グラヴィ』の力をもたらす相手は私であってほしい。しかし無理やり奪いはしないからそう困らないでくれ。私は、おまえの意に反することはしないとも言った。おまえがその気になるまで待とう」

「……そうじゃなくて、別にいやだというわけじゃ、なくて、ただおれは」

「今日はもう眠ろう、カズイ。疲れただろう。異世界から訪れたばかりのおまえにとっては忙《せわ》しない一日だったかもしれないな」

しどろもどろに言い訳しようとしてもレイシュアは聞いていない様子で、いったんベッドを下りそれまで履いたままだった和以の靴を脱がせ、さっさと掛け布団をかぶせた。自身もブーツを脱いでから隣で同じ布団に入り目を閉じる。和以の困惑をサファイアの色で知り、これ以上追い詰めるのはやめようと考えたのかもしれない。

瞼を伏せた美貌をついまじまじと見ていると、少しして静かな寝息が聞こえてきた。本当に眠ってしまったのかとまた驚く。この元王子様は、部屋の壁にずらりと並ぶ武器で『グラヴィ』に寝首をかかれ逃げ出されるのでは、などという危惧はこれっぽっちも抱いていないらしい。

こうもぴったりくっついて眠れば、もし和以がおかしな動きをしたらすぐに気づくから大丈夫だと判断した、というわけでもないと思う。レイシュアは単純に、和以ならば自身に害をなさないし逃げようともしないと信じているのだ。

ずいぶんと無防備な賞金首だと若干呆れた。と同時に、それだけ信用されているのだ、心を許されているのだと考え、胸の中に蠟燭が灯《とも》るようなあたたかい感情が湧き出した。

昨日までいた現実世界では信じられるものも信じてくれるひともいなかった、だから居場所がなかった。そんな自分にも、この世界になら信じてくれる男がいるし、その隣には居場所がある。

しばらくのあいだレイシュアの寝顔を見つめてから、ひとつ深呼吸をして目を閉じた。視界を封じたせいなのか彼の体温をいやにはっきりと肌で感じ、安心するような妙にそわそわするような、なんともいえない感覚に囚われ先ほどとは違う意味で少し困惑する。

望んでもいないのになぜか異世界に呼び寄せられて、王様の前に引きずり出されたり反逆者にさらわれたりと散々な目にあっている。うんざりしてもいいはずなのに、どうして自分はこんなふうに、まるで惚れた男の隣にいるかのごとき気分になっているのだろう。


それから一日、また一日と、レイシュアのアジトですごす時間が増えていくにつれ、和以の心は落ち着いていった。この世界を訪れた初日こそ、ひどく混乱したままあちらへこちらへと連れ回されて辟易《へきえき》もしたが、その後の日々は反逆軍と一緒にいるということを忘れるほどに穏やかなものだった。

レイシュアとともに眠り朝起きて、エルを交え食事をとる。三人で洞窟の中を歩き仲間の仕事を見て回る。ときには森を散策し太陽の眩しさに目を細め、風の心地よさを味わい、動物たちと戯れる。そしてまたレイシュアと同じベッドで眠りにつく。

最初は互いをなにひとつ知らず、ゆえに手探り状態だったレイシュアとの会話は、ある程度の手札を明かしたことで大分なめらかになった。レイシュアは相変わらずその表情も声もほぼ常に淡白だし、相手の心中を読まない、ではなく読めないことが多い。しかしそうした彼の態度は慣れてしまえばかえって気楽だった。

伝えたい思いをきちんと声にすれば、彼はちゃんと聞きはする。いつかも考えた通り、黙ったまま察してほしいとうじうじしているより余程健全であるのかもしれない。こんなことを言って引かれないか、みっともないかと悩んでいる暇があるのなら、少なくともレイシュアが相手の場合は口に出してしまえばいいのだ。なにも感じないような顔をして彼は耳を傾ける。

ゆるゆるとしたときの流れとともに、自分の心が癒《い》やされていくのを感じた。現実世界では恋人だと思っていた男に利用されたあげく裏切られて、死んでしまおうとまで考えたが、いまは気持ちが凪《な》いでいる。

レイシュアのそばにいるからだ。つまり自分は彼に、いってしまうならば絶望から引っぱり出してもらった、救われたということになるのだろう。

二、三日に一度、ときには連日、レイシュアは和以をエルに預け数人の仲間を連れて洞窟を留守にした。数時間から長くても半日くらいで帰ってはくるにせよ、彼のいないアジトは少しばかりさみしかった。

買い出しに行っている様子でもないしレイシュアはなにをしているのかと、ふたりきりの昼食時にエルに訊ねたら、彼は手にしていたフォークをいったん置いて和以に問い返した。

「あなたは我々の活動がどうして成り立っているのか知っていますか？」

「……そうですね。現状にやきもきしている元権力者たちに協力を仰いでるってのはレイシュアから聞きました。資金や武器を援助されてるし、ここにいる仲間の大半もそのひとたちから譲り受けた、みたいな言いかたをしてたかと。あとは、いざってときには兵士を借りる約束をしている？」

「その通りですよ、よく知っていますね。なるほどレイシュア様はあなたをずいぶんと信用しているらしい。あのひとは間違ってもぺらぺらとよく喋るタイプではないのに、あなたが相手ならそこまで話しますか。少々驚きました」

　教えてもらったことをそのまま答えたら、特に驚いた顔もせずエルはそう言い小さく笑った。呆れている、困っているというのではなく、面白がっている、あるいは感心している表情だったのでほっとする。この反逆軍の参謀は、リーダーが和以に隠し事なく手の内を明かしている事実を知っても問題視はしないようだ。

　レイシュアがそうであるのと同様に、エルもまた、自分がここから逃げ出したり彼らに害をなしたりすることはないと信じているのか。であればなんだか嬉しいなとは思った。

「なら、別に秘めることもありませんね。レイシュア様は定期的に各地にいる協力者のもとを訪れています。一度説得して約束を交わしただけでは絆《きずな》が弱いでしょう？　ですから、彼自身が顔を見せて都度意思を確認しあっているんですよ」

　さらりと説明されたので、納得し頷いて返した。確かに一度より、二度、三度とくり返し顔を合わせたほうが絆は深まるだろう。

「現王の独裁下で、力があるにもかかわらずそれを封じられ不満を抱いているものにとっては、レイシュア様はひと筋の希望です。なにせ王族ですし、感情に振り回されることがない人物なので信頼に足ります。なのでその信頼感が薄れる前に、あのひと自身が顔を見せ関係を強固にするのが好手です」

「なるほど。反逆者ってのは闇雲に刀を振り回してればいいってもんじゃないんですね。あっちこっち行くのは大変そうだけど」

「レイシュア様あっての我々ですから、彼にはリーダーとしてしっかり働いてもらいませんと。まあ、森のすぐ外にも内密に馬を貸してくれる協力者がいますので、半日走らせるくらいは大した苦労でもないでしょう。なにも自分の足で駆けろと言っているわけでもなし」

　笑顔でそう告げたエルを見て、先日から何度か感じたように、ことリーダーに関しては結構遠慮ない物言いをする参謀だなと密かに思った。こういう男の目にレイシュアはどう映っているのか。ひと口パンを囓《かじ》っていくらか思案の間を取り、レイシュアに対するものより多少は気をつかった言葉を声にした。

「エル。レイシュアはどんな男なんですか？　むかしからああいう、その、ちょっと変な王子様だったんですか？」

　気をつかった、つもりだったが、自分の耳で聞いてみるとそこそこひどい言い分だったのでついおかしな顔をしてしまった。つまり自分はレイシュアの仲間を相手に、君たちのリーダーはちょっと変なやつだねと言ったわけだ。

エルは怒りもせず不快も示さず、和以の表情を面白がっている口調で返事をした。

「いいえ？　変な王子様ということはなかったですね。世話係だった私が知る限り、彼は人々に愛される聡明《そうめい》で心優しい王子でしたよ。兄であるオズウェルドとともにそれはそれは大切に育てられた、よく笑いよく喋る健やかで可愛らしい王子様です」

「よく笑い……よく喋る……健やかで可愛らしい王子様……ですか？」

聞かされた情報がどうにも信じられずますます妙な顔になった和以を見て、エルは愉快そうに「ええ」と答え笑った。冗談を言っているようではないし、嘘でごまかす必要もない、だから彼のセリフは事実なのだろう。

よく笑いよく喋る健やかで可愛らしい王子様、そのセンテンスを頭の中でくり返しても、和以の知るレイシュアの姿とは重ならなかった。喋るべきときはそれなりには喋る、真っ直ぐな性格は健やかともいえる、一歩譲っても頷けるのはそこまでで、よく笑うとか可愛らしいだとか、そんな彼は想像してみても頭に浮かばない。

つまりレイシュアは、王子だったころから現在にいたるまでのあいだに、変わった、ということか。

「先代の王が亡くなったのはレイシュア様が二十歳のころ、六年前ですね。新しく王となったオズウェルドは当時二十五歳でした。オズウェルドもはじめは民を思う優しい王でしたが、ある日を境に暴君と化し、レイシュア様はたいそう心を痛めていました。と、このあたりは聞いていますか？」

「はい、いくらかは。意見をしても無駄だったとか、意を決して苦言を呈したら危うく殺されそうになったとか……二年前の出来事だと聞きました」

「国は民のためにあるべきだ、だからこそ王は民とともにあらねばならない。いまのあなたに王の資格はない。あのひとは誰もが怯えてひざまずくオズウェルドを相手に、そう断じたんですよ。忘れられませんね」

エルはどこか誇らしげに言い、当時のレイシュアを思い出しているのか眩しそうに目を細めた。口に出すセリフはときに無遠慮でも、この参謀は間違いなくリーダーに心酔しているのだとその表情が語っていた。

そしてそれはエルだけではない。この世界を訪れてから今日まで見てきた限り、このアジトで暮らす仲間はみなエルと等しくレイシュアを重んじ、ある意味で惚れているのだと思う。

「オズウェルドは本気でレイシュア様を殺すつもりだったのでしょう。しかし当時のレイシュア様にはそこまでの意思はなかった。城から逃げ出したあともしばらくは誰をも傷つけず解決したいと考えていたようですが、賞金首として追われ続けて思いを改めた、改めざるをえなかったというところですか」

「……あなたはいつだったか、レイシュアはきっと、いまはあたたかい心をいっとき忘れているんだろうと言いました。しかたがないとも。それはつまり、優しくてよく笑う王子様だったレイシュアが、追われ続けてひとが変わってしまったということですか？」

「ひとが変わったわけではないですよ。私の目には単に言葉通り、心を忘れている、ゆえに荒んでいるように見えます。自身が命を狙われているのも理由のひとつですが、あのひとはそれよりも、自分をかばって死んでいった仲間のことを考えると耐え切れないほど心が痛むのでしょう。だから、忘れた」

　和以が問いを挟むと、エルは特に考え込むでもなくすらすらと答えた。彼はおのれが仕えるレイシュアのことを、おそらくはレイシュア自身よりよく知っているのだと思う。

　レイシュアは反逆軍の誇りだ。みなが嘘偽りなく彼を尊重している。彼の指示であればきっとなんでもできるし、彼を守るためならば命も捨てる。その思いが真実であるからこそ、エルはレイシュアが反逆の道のりで落としてしまった心の行方を心配しているのかもしれない。

「意志は強いです。ぶれません。しかしいまのレイシュア様は、王を殺すのは国のためと頭の中で理解はしていても、それに伴う熱い感情を自らのものとして摑めなくなっているのではないでしょうか。彼があたたかな心と、清く尊い志を、胸のうちに取り戻してくれるといいのですがね」

　和以の考えを裏づけるようにそう言い、エルはまたにこりと笑った。そのいつも通りの穏和な表情にほんの僅かな悔しさ、あるいはさみしさのようなものが掠めた気がして、見ている和以まで胸のあたりがぎゅっと苦しくなった。

　心が痛むから、忘れた。忘れてしまったがゆえに、荒んでいる。レイシュアのひととなりを説明するために、誰より近くで彼を助けてきたエルが使った表現は、非常に正確なのだと思う。だとすればそんなのは哀しいだろう。

胸の中を空っぽにして、そこに殺意だけを詰め込み剣を取るなんてことを、あの男にさせてはならない。

自分はレイシュアに救われたのだ。すべてに絶望し、死にたいとまで考えていた男が笑えるようになったのは彼のおかげだ。

ならば今度は自分の番だ。自分だってレイシュアを救ってやりたい。心を忘れてしまった男に心を取り戻させ、助けてやりたい。

いつだったかレイシュアは和以の前でほんの僅かな笑みを浮かべた。彼らのアジトへやってきて二日目の夜だったか。少なくとも自分にはあんな顔を見せるのだから、心を忘れているとはいえ、すっかりなくしているわけではないだろう。楽しい、嬉しい、愛おしい、そんな感情を呼び起こしてやれば彼はもっと笑える。

異世界でいっとき現実を忘れ、眩しい太陽の下で風を感じながら狼と戯れた。ああした穏やかな時間を経て自分はいまこの森に、レイシュアの隣に居場所を見つけはじめている。卓也に味わわされた苦痛の記憶を改めて探っても、もう絶望感は襲ってこない。森の動物たちやレイシュアに、誰かと信じあえる嬉しさで上書きしてもらったからだ。

だから自分も、レイシュアが味わった苦痛をあたたかな思いで塗り潰してあげたい。そうすれば彼だって、心を捨て去らなければ耐えられなかった痛みをちゃんと消化できるはずだ。

感情を麻痺させなければ歩けなかったからとはいえ、あるべき熱い気持ちや尊い志まで遠ざけてしまうなんてあまりに哀しい。レイシュアにはもっと豊かに生きてほしいと思う。

とはいえ、武術も知らずこの国の政治もわからない自分になにができるのか。心を失い荒んだまま茨道を歩いている男を癒やすには、どうすればいい？

自分でも頑張ればなしうる、彼のためにしてあげられることはなんだ。しばらく口をつぐんで思案してから、まずは毎日の生活にちょっとした豊かさや彩りを与えられたらいいのではないかと考えた。自分にとっては太陽の眩しさや風の心地よさを感じることだった、やわらかな気持ちを取り戻すきっかけは、現在のレイシュアにとってはたとえばおいしい食事だったり快適な住まいだったりに置きかえられるかもしれない。

「あの。料理とか掃除とか、してもいいですか。レイシュアやあなたに見張られてなくても逃げませんから」

無言で考え込んでいる和以を黙って待っていたらしいエルにおそるおそる問いかけると、意味がわからないというように首を傾げられた。なので慌てて、僅かばかり本音からずらした説明をつけ足した。

「いくらおれが『グラヴィ』というやつなのだとしたって、お客様扱いされてばっかりなのも気が引けますし……その。ちょっとはみんなの役に立ちたいかなと」

「ああ。構いませんよ。レイシュア様が留守のあいだくらいは好きにしてください、あなたを預けられた私の責任において許可しましょう。私は、逃げないというあなたの言葉を信じます」

くすくすと笑って答えたエルはきっと、レイシュアのためにとあえては言わなかった和以の本心を察したのだろう。とは思ったが、無駄に喋るのも小っ恥ずかしい気がしたので短く「はい」とだけ言葉を返した。

食後、ふたりきりだった食堂へ、何日たっても見分けのつかない双子のひとり、ランドニーだかエイドリーだかが食器を片づけるために姿を見せた。少しセリフに迷ってから、こんなものはまず動いてしまえばなんとかなるのだとテーブルの食器を重ねて両手で持ち、立ちあがって声をかける。

「ランドニーさん……じゃなくてエイドリーさんですか？　おれも手伝います」

料理番の男はまず盛大にぽかんとし、その顔のまま「エイドリーです」と名乗ってから、我に返ったらしく大仰に両手を胸の前で振った。

「いや！　いやいや、『グラヴィ』に……ではなくカズイさんにそんなことはさせられません。あなたはレイシュア様の、ひいては我々の宝物なのですからゆっくりしていてください。調理場のことなど気にせずに」

「手伝います。かわりに、料理を教えてください。ずっと自炊だったからいくらかはできますけど、さすがにこんな洞窟の中じゃ勝手がわからないと思うので……ええと、エイドリーさんたちの迷惑じゃなかったらですが」

「いや！　もちろん迷惑ではないです！」

迷惑だ、とも言えなかったのかエイドリーは和以の申し出に慌ててそう答え、いかつい顔に困惑を浮かべつつも汚れた皿を手にした和以を調理場へと促した。ちらと振り返って見たエルは面白がっている笑顔で、いってらっしゃいというように座ったまま和以にひらひらと片手を振った。

　調理場でパンの仕込みをしていたランドニーは、驚いたのちに恐縮し、とエイドリーとほぼ同じ反応をした。さすがに双子だなと妙に感心しながら「よろしくお願いします」と言って頭を下げると、ふたりとも『グラヴィ』を追い払うのは諦めたのか、それとも和以の生真面目な姿に思うところがあったのか、これもほとんど同時に「こちらこそ」と答えた。

　彼らから聞いたところによると、レイシュアは鶏肉の煮込み料理が好きであるらしい。ここへ来てから二日目の夕食に出てきたものだ。なのでまずはそのメニューの作りかたを教わることにした。また、つけるのが面倒なので火は一日中絶やさないのだとか、調理器具や食器は近くの川から汲《く》んできた水で洗うのだとか、知らなかったことをあれこれ聞いては洞窟暮らしも大変なのだなと改めて考える。

　料理は苦手でないとはいえ二十人分の食事を作ったことなどないので、ほとんど大わらわで大量の肉を切り野菜をちぎり大鍋に放り込んで掻き回した。ランドニーとエイドリーは苦戦している『グラヴィ』を手助けしたそうにそわそわしていたが、ひとりでやりますという和以の言葉を尊重し、あれですこれですと口を出すだけで手は出さなかった。

　普通は一時間もあればできるのだろう料理一品を作るのに、三倍ほど時間がかかった。それでも、味見をした鶏肉の煮込みが自分の舌にはそこそこおいしく感じられたので満足した。

「カズイさんは料理が上手ですね」

同様に味見をしたランドニーにそう褒められたので、ますますいい気分になる。そのころには彼らも和以に慣れたのか、口調も大分打ち解けていた。

「これでレイシュアにちょっとくらいよろこんでもらえますかね。他のみんなも食べてくれますか？」

「もちろんです。カズイさんの手料理ならレイシュア様もみんなもよろこびますよ」

大鍋を覗き込みながら和以が問うたら、今度はエイドリーがいやに嬉しそうにそう答えたのでほっとした。

「カズイ。レイシュア様が帰ってきましたが。夕食にしましょう、いいですか？」

食器を用意したり使った調理器具を片づけたりしていると、しばらくのあとエルが調理場に顔を出し声をかけてきたので、「食堂で待っていてください」と返事をしてさっそく料理を皿に盛りつけた。鶏肉の煮込みと、和以の相手をしながらランドニーとエイドリーが作ったパンとスープ、サラダを三人で手分けして食堂へ運ぶ。

テーブルの前に座りエルとなにやら話をしていたレイシュアは、双子と一緒に姿を現した和以を見て二、三度目を瞬かせ、常通り淡白ながらも僅かばかり驚いたような声で訊ねた。

「エルから聞きはしたが、おまえは本当にランドニーとエイドリーの手伝いをしていたのか？　料理ができるのか」

「カズイさんは料理がお上手です。レイシュア様のお好きな鶏肉の煮込みはカズイさんがひとりで作りました」

和以が答える前に、ランドニーが得意げにそう告げたので、なんだか心がほんわりとあたたかくなるのを感じた。まるで弟子の業績を誇る師匠のようだ。調理場でああだこうだと奮闘しているうちに、自分は彼らと少しは仲よくなれたのかもしれない。

三人で皿を並べ、ランドニーとエイドリーが食堂から去ったあと、レイシュアはまじまじと鶏肉の煮込み料理を見て「本当にカズイひとりでこれを作ったのか？」と問うた。彼の向かいに座り頷いてから、まずい、と言われたときのために少々の保険をかける。

「料理するのは結構好きだ。でも、君の口に合うのかどうかはわからない。こんな場所で二十人分の食事を作ったのなんてはじめてだから」

「そうか。香りはいいが」

いつもであれば最初に、食べようか、と和以たちに声をかけるのに、今日のレイシュアはそんなひと言もなくさっそくフォークを手に取り鶏肉を口へ運んだ。和以が作ったと聞いて興味が湧いたのか単に腹が減っていたのか、普段の食事時の姿より急いでいるように見える。

レイシュアはじっくりと料理を味わっている様子だった。自分は食事に手を伸ばさぬままじっとうかがった美貌は相変わらずの無表情なので、彼がおいしいと思っているのか、はたまたひどい出来だと感じているのかはわからない。

無言のままふた口、三口と鶏肉の煮込みを食べる彼をそわそわと見つめ、そうか、この男は求めなければ感想も言わないのだと察しおそるおそる訊ねた。

「……レイシュア。その、どうだ？　食べられる味か？」

和以の問いにレイシュアはフォークを置き、「もちろんうまい。おまえが作ったのだろう？　大した腕前だ」と平坦な口調で答えた。ならば訊く前にそう言ってくれ、と思うのと同時にほっとして知らず強ばっていた肩から力が抜ける。

「……それはよかった。なにせおれの心がこもってるからな。君の好物だと聞いたから頑張って作ったんだよ」

「そうか。私のためにカズイが心を込めて作ってくれたのか」

同じ意味にはなるがより直接的な表現で発言内容をくり返されて、安堵のあまり余計なことまで喋ったなと今度は妙に照れくさくなった。どう返せばいいのか迷っていたら、レイシュアは相変わらず相手の感じている面映ゆさなど気にしない、というより気づいていない真っ直ぐな眼差しで和以を見つめ、微かに笑ってこう告げた。

「ありがとう、カズイ」

ありがとう、そんな言葉を彼の口から聞いたのははじめてだった。まず驚いて目を見開き、それから、なんだか全身が浮きあがりそうなくらいの嬉しさを感じて二度か三度か頷いて返した。どういたしまして？　こちらこそ食べてくれてありがとう？　そんな言葉では足りない、どうすればこのよろこびが伝えられるのか思いつかない。

　ちらと横に目を向けると、和以同様食事には手を伸ばさずレイシュアのリアクションを待っていたらしいエルが、元王子の笑顔を久しぶりに見たからなのか珍しい礼のひと言になのか、あっけにとられたような顔をしていた。彼のこうした表情を見るのもこれまたはじめてだ。余程びっくりしたのだろう。

　しかしレイシュアは、エルの反応などは特に気にしていない様子で再度フォークを手に取り、優雅な手つきで食事を口に運ぶ合間に淡々と言った。

「おまえたちも食べたらいい。なぜふたりして固まっている？　カズイの作った料理はとてもおいしい」

　すぐにいつも通りの無表情に戻ったレイシュアをいっとき見つめてから、再度エルに眼差しを向けると、まだ驚きを逃がせていない顔のまま視線を返されたので、笑ってみせた。ふにゃふにゃとしたみっともない表情になった自覚はあるが、少しののちにエルは、よかったですねとでもいうかのような目をして笑みを返してくれた。

　なるほど、レイシュアの感情を取り戻すためにまずは生活から豊かにしようという作戦は悪くないらしい。三人で食事をとりながらそんなことを考えた。では次は？　レイシュアとエルの会話から、明日の午後も反逆軍のリーダーは協力者のもとへ出向く予定であることを知り、ならば今度はキースをつかまえて洞窟の整備を手伝わせてもらおうかと腹の中で計画する。

翌日キースに声をかけると、アジトにやってきた初日に服を貸してくれた陽気な青年は、和以の申し出を快く受け入れた。気さくな彼と一緒に洞窟内をあちこち歩き回って掃除をしたり、短くなった蠟燭を取り替えたり傷みはじめた棚やテーブルを補修したりするのは、単純に楽しかった。

「キース。君はレイシュアと一緒に、二年前に城から出てきたのか？」

箒《ほうき》を使いながらなんとなく訊ねたら、壁の凹凸に足をかけ蠟燭を交換していたキースがあっけらかんとした調子で答えた。

「いえ？　おれはあとから合流したほうです。城から見て南西ですかね、かつてはそのあたりを仕切っていた元豪族のところにいたんですけど、レイシュア様が小回りのきく若いのが欲しいって言うのでくっついてきました」

「……それは君の意志というより、その元豪族の指示なんだろ？　いやじゃなかったのか」

「おれの意志です。もうね、おれはレイシュア様に一目惚れでしたよ。だから自ら志願しました。いまここにいられるのは嬉しいです」

一目惚れ、という表現はわかるようなわからないような微妙なところだ。おそるおそる「顔に？」と問うたら、キースはけらけら笑って答えた。

「いやいや！　レイシュア様は美形ですがそういうんじゃないですよ。命をかけてでも役に立ちたいと思ったっていう意味です。いまのこの国はおかしい、でも誰も言えません。けれどあのひとは、おかしいから正す、力を貸してくれと当然のように言いました。王に密告されるかもしれないのに」

　キースのセリフからそのシーンを想像するのはたやすかった。きっと彼はいつもの無表情で、しかしよく知る澄み切った瞳で相手を真っ直ぐに見つめ自身の行動を説明したのだろう。オズウェルドの独裁下で息苦しい思いをしているものの目には、そんな彼はまばゆいばかりの救世主として映るのだと思う。

「言ってしまうなら、レイシュア様もまあ、ちょっとおかしなひとです。なんというかこう、生々しい感情が見えない。というより、ない？」

　蠟燭を取り替え終えてひょいと床に下りたキースが、そこそこ突っ込んだ言葉を口に出したのでどきりとした。感情がない、レイシュアは近しい参謀だけではなく他の仲間にも、少なくともキースにはそう認識されているらしい。

「でも、関係ないでしょう。あのひとは強いし、意志は曲がらない。とにかく真っ直ぐです。おれの前の主人も、レイシュア様に協力すると決めた他の元権力者も、そういうところに惹かれたんじゃないですか。いまここにいる仲間もみんな同じです、あの強さと真っ直ぐさに惚れたんです」

「……感情が、見えなくても？　たとえば、ええと、冷たいなとか怖いなとか思わないのか？」

「思いませんね。おれはよく知らないですが苦労してきたひとみたいだし、それゆえに心がどっかに行っちゃったというなら理解できます。そもそもあのひと冷たくも怖くもないでしょ、その証拠に仲間をとても大事にしてますよ。だからおれたちもレイシュア様を大事にするんです、信頼しあうってそういうことじゃないんですかね」

力説するというのではなくさらりとそう告げられて、つい唸った。心がどこかに行ってしまった、そんなセリフを口に出したこの青年はきっと聡《さと》いのだろう。人懐こい犬のようなその目は冷静に置かれた状況や人物を観察しているし、レイシュアの意志は曲がらないというのなら、自らの判断で彼に仕えているキースの意志もまた曲がらない。

「それに多分、レイシュア様は本来すごく心優しいひとですよ。ま、おれがそう思ってるだけかもしれないけど」

これもまたあっさりした口調で続けられてますます唸った。レイシュアが子どものころから世話係としてそばにいたエルとは違い、あとから反逆軍にやってきた彼は心を忘れたリーダーの姿しか見ていないはずだ。にもかかわらず、レイシュアは本来心優しいひとだ、と声に出すほどにはそれを確信している。

彼の言う通りなのだ。たとえいまはあたたかい思いをいっとき忘れているのだとしても、レイシュアは絶望感に苛まれていた和以を森へ連れ出して自然の美しさを教えてくれたし、また、食事を作ってやれば笑みを浮かべて礼を言う。豊かな感情がまだ彼の中にあふれていたころの行動や他人に対する態度は、無意識にであれ彼の中に染みついている。

それを見抜いて本来は優しいのだとキースが言うのなら、確かにレイシュアは優しい。

ひとしきり洞窟の中を整備して回ったころにレイシュアがアジトへ戻ってきたので、お世話になりましたと頭を下げてキースと別れた。今日は掃除の手伝いをしたのだとレイシュアに報告すると、彼は洞窟内を見回して「なるほど居心地がよい」と言い、それから和以に目を戻して昨日食堂でそうしたのと同様に礼を告げた。

「ありがとう、カズイ」

そんなひと言に、昨日と同じだけのよろこびを覚えた。彼は自分の頑張りを認めてくれているのだと思えば当然嬉しい。

その後も、レイシュアがアジトにいるときには彼とともにすごし、留守のあいだは仲間に交じって慣れないながらも仕事をするといった日々が続いた。もちろんはじめからすべてがうまくできるわけではない。それでも、一生懸命な姿を見て彼らもまた和以を仲間と認めてくれたのか、次第に、気さくに声をかけてくれるようになった。

「おれは『グラヴィ』ってだけじゃなくて、ひとりの人間として君たちの一員になれたかな」

毎夜レイシュアと一緒に眠るベッドに寝転がって訊ねると、隣に横たわっていたレイシュアは「そうだな」とまず短く答え、そののちに和以へ視線を向けて続けた。

「おまえは狼たちだけでなく、我々とも信じあえる仲間になった。おまえ自身の力だ。こちらへ来いとおまえを誘惑した死神も、もう手を出せまいよ」

彼のセリフに胸があたたかくなるのを感じ、ひとつ頷いてから布団をかぶって顔を隠した。きっといま自分は泣き笑いのようなおかしな顔をしているだろう、みっともないから見られたくない。空気を読まないレイシュアになにか言われるかと身構えはしたが、彼はその和以の態度には言及せず、黙ったままただ隣にいてくれた。

ここには自分の居場所がある。何度か抱いた感慨をまた改めて噛みしめた。

レイシュアのアジトには自分を騙すものも脅すものも、道具として扱うものもいない。みなが大事にしてくれるし意思を重んじてくれる。誰をも信じられなくなっていた自分にも、ようやく信じあえる仲間ができたのだ。

死神ももう手を出せない、か。確かにいまとなれば、現実世界で山道に踏み入ったあのとき本当に死んでしまわなくてよかった、生きていてよかったと心の底から思う。

レイシュアの隣にいられて、彼の仲間とともにあれて、嬉しい。

洞窟に来たばかりのころ心のうちをあまさずレイシュアに打ち明けた川辺を、またふたりで訪れた。この世界にやってきてから二週間ばかりたつ、よく晴れた日の昼間だ。

靴を新調してもらったからなのか単に慣れたのか、森の中でもつまずいたりよろめいたりせず歩けるようになった。それでも足早にとまではいかない和以に合わせ、レイシュアは黙ってゆっくりと歩を進めてくれた。

あの日と同じように川辺の岩にふたりで座り見あげた空は、真っ青で、雲ひとつなかった。ああ綺麗だ、と素直に感じ入った。絶望のあまり忘れていたこの美しさを久しぶりに味わった日のことは忘れない。

「綺麗だなあ。君の瞳と同じ色だ、澄んでるね」

感じたままを声にし、自分の耳で聞いてから少々恥ずかしくなる。君の瞳は綺麗に澄んでいるねなんて意味になるくさいセリフを、たとえ本当にそう考えているのであれ簡単に口に出すものではない。軽薄なやつだと呆れられる。

レイシュアはちらと和以を見て、すぐに視線を同様に空へ向け「そうか」と言った。和以の発言には特になにも感じていないらしい。こういうときには彼の、いってしまえば疎さはありがたい、と同時にちょっと拍子抜けするなとも思った。

「はじめて君とこの場所で話をした日と同じくらい、いい天気だ。なあレイシュア。あれから結構たつけど、こんなにのんびりしてていいのか？」

陽の光で水がきらきらと輝く川に目を移し、彼が気にしていないなら構わないかと前言の言い訳はせずに訊ねた。レイシュアは考え込むでもなく、これもまた和以と同じくきらめく川へ視線を落として答えた。

「現状ではこうして息を潜めているのが最善手だ。『グラヴィ』のもたらす力を得られればすぐにでも動くが、いまこちらから攻め込むのは好機ではない。幾度か言ったように私には、オズウェルドを討つには今一歩力が足りない」

いつか強要はしないと告げた通り、彼の言葉は和以に力をよこせと迫るものではなかった。しかしなんとなくの悔しさ、というより焦れったさは感じた。

オズウェルドに奪われるくらいならこの男にくれてやったほうがいいのか、はじめて彼の私室でベッドに押し倒されたときにはそんなふうに思った。だが、いつのまにかはっきりと、レイシュアに力を与えたいと考えるようになっていた。

自分が彼の役に立つならなんでもしてあげたい。彼が国を変える手助けをしたい。なのに、どうすれば『グラヴィ』の力を彼に捧げられるのか、その方法はまださっぱりわからない。

彼の欲するものを差し出したい、そうした願いと同様に、心を忘れている彼を救いたい、助けてやりたい、荒んでいるなら癒やしたいという思いもまた強くなっていた。出会ったばかりのころといまの彼は、ほんの少しであれ変化していると感じる。ゆえにこそだ。

笑みを浮かべてありがとうと礼を述べるレイシュアの姿なんて、最初は想像もできなかった。なのに最近になってときに見るようになった。笑みというには微かにすぎる表情でも、それは確かに彼なりの笑顔なのだ。

レイシュアは、忘れていた感情を僅かずつではあれ胸に取り戻しつつあるのではないか。いまなら彼は、命を狙われ続け仲間を失ってきた過程で一度は捨てた心を、その手で再度拾いあげられるのではないか。

心を空っぽにしたまま殺意だけを胸に剣を取るなんて哀しすぎると、いつかも考えたことをまた思う。たとえ誰もがその行動を正しいと言っても、レイシュア自身が実感できないのでは意味がないだろう。

　国は民のためにあるべきだ、だからこそ王は民とともにあらねばならない。エルから教えられた、レイシュアがオズウェルドに告げたという言葉には、真っ直ぐな意志のみならず清く尊い心がある。国へ平和をもたらすために、それが彼の初心だ。

　なのにはじめて同じベットで眠ったあの夜、彼はなんと言った？

——過去には確かにそう考えていたし、いまも変わっていないはずだが、あのころなにを感じていたのか、いつからかはっきりと思い出すことができなくなった。頭ではわかっていても心がどこかへ逃げてしまったようで。

　逃げてしまった、その自覚があるのなら、そんな言いかたができるのであれば彼は逃げた心を取り戻せるはずだ。そのために自分が彼にしてやれることはなんだ。どんな言葉を使えば彼の感情を蘇らせてやれる？

「……レイシュア。おれは君が心配だよ」

　頭の中を懸命に探しても洒落たセリフが見つからなかったため、彼が警戒しないよう川に目を向けたまま、胸のうちをただ率直に告げた。優しく言えばいいのか諭すべきか、彼のごとく淡々としていたほうがいいのか、考えても正解がわからなかったのでいつも通りの口調で続ける。

「お兄さんを殺して、そのあと君はどうなるんだ？　なにを思うんだ？　国は変わる、みんな奴隷みたいな生活から解放される、だとしても君がそれを嬉しいとかよかったとか感じないならさみしいよ。ひとを亡きものにしたという事実だけ引きずるなんてつらい。おれはそれが、心配だ」

　レイシュアは返事をしなかった。それでも彼が和以の声に耳を傾けていることは感じ取れた。うるさい、放っておけとはねのけられなかったことにはほっとする。

「君が本当に欲しているものは、なんだ？　最終的に君はなにをどうしたいんだ？」

　いくらかの間を置いてから、どうやらいやがられてはいないらしいと判断して言葉を連ねた。

「実のお兄さんを殺すことばかりに囚われているなんて哀しいだろ。城を出たときの君が欲していたものを、抱いていた感情を思い出してくれよ。そうしようとすればきみは苦しむのかもしれないけど、だったらおれにぶつければいい。おれなんか木のうろみたいなものだから、他の誰にも言わないよ」

　そこまで口に出したところで、隣に座るレイシュアのまとう気配がふっと変わるのを感じた。見ていいのかいけないのかに少し迷ってから、こんなに偉そうなことを言っておいて直視もしないなんてかえって失礼かと、そっと彼に視線を向ける。

　彼は、いつもの無表情、ではなく、くっきりと眉をひそめて目の前の川を睨みつけていた。その瞳に映っているのは、あるいは彼が味わってきた過去の苦渋なのかもしれない。

　見たこともない彼の複雑な表情に、まずはどきりとし、それから締めつけられるように胸が苦しくなった。やっぱりこの男は、彼にとっての過酷な日々でやわらかな感情を取り落としただけなのだと確信する。ない、知らない、のではない。その証拠に、こうして真摯《しんし》に声をかければ彼は、素直に考えを巡らせ悩ましげな顔をする。

心を忘れた、逃げてしまったとはいえ彼の中にはまだそのかけらがきちんと残っている。だから暗い目をしていた和以を放っておけず森に連れ出したし、一生懸命尽くせば微かに笑って礼を言うのだ。ならばいまからだって心を取り戻せる。豊かな感情を思い出せるはずだ。

和以の眼差しに気づかなかったはずはないが、レイシュアは隣に目を向けようとはしなかった。じっと川を睨みつけたまま、なにかを考えている様子を見せる。

そうしてしばらく黙ったあと、彼はようやく口を開いた。

「私が本当に欲しているものは」

不意に背後の木々が揺れる音がしたのは、レイシュアが話をしはじめたまさにそのときだった。また狼かとなにげなく振り返り、そこで和以はぎょっとした。

視線の先にいたのは狼ではなかった。オズウェルドの城で見た焦茶色の革鎧を身につけ、長いサーベルを手にした兵士が、三人だ。

彼らの狙いは和以、というよりは『グラヴィ』であるようだった。サーベルを振りかざし何事か叫びながら数メートルの距離を駆け寄ってくる彼らを見て、心臓が縮みあがるような感じがした。

咄嗟に立ちあがりはしたが恐怖で足が動かない。兵士のひとりのサーベルがすぐ目の前に迫り、切られる、と思わず目を閉じた次の瞬間に小さな悲鳴が聞こえた。

はっと瞼を上げると、目前にいた男がサーベルを取り落とし、唸っている姿が目に入った。見ればその腕に深々とダガーが突き刺さっている。レイシュアがいつでも身につけているもののようだったから、彼が狙いをつけて投げたのだと理解した。

　兵士が落としたサーベルを拾いあげたレイシュアは、そこで和以の腕を引きおのれの背後にかばった。

「カズイ。私の前に出るな。後ろは川だ、誰もいないから恐れることはないが、くれぐれも落ちるなよ」

　ひやりとするほど厳しい声で告げてから、レイシュアは拾ったサーベルを構え三人の兵士と改めて向かいあった。三人とひとり、しかも片方には和以という荷物がいる、不利にもほどがあると思う。

　しかしレイシュアはそんなことはまったく意に介していない様子で、ダガーが突き刺さる腕を抱え唸っている男の膝を蹴り払い、まずはひとりその場に転がした。なんとも鮮やかで容赦のない彼の動きに、そうだった、この男は本来こうした剣を持つ反逆者なのだったといまさらのように思い知らされる。

　そこからは早かった。レイシュアはもうひとりの手首を峰打ちし握っていたサーベルを落とさせ、ほぼ同時に、残る最後のひとりが構えるサーベルはブーツの底で蹴り落とした。そののちに最初と同じくふたりの兵士の膝を足で払いその場にうずくまらせる。

　兵士たちはろくに抵抗する余裕も与えられなかったから、おそらくは数秒間の出来事だったのだろう。だが、和以の目にはまるでスローモーションの映画を見ているように映った。

目《ま》の当たりにしたレイシュアの強さと、ああ、この男は自分を守ってくれるのだという思いで、息苦しいくらいに鼓動が速まる。

「カズイ。これを持っていてくれないか」

兵士たちが呻《うめ》いているあいだに、レイシュアは彼らが手放したサーベルをさっさと拾いあげ、攻撃に使った一本はそのまま手もとに残し二本を背後の和以に差し出した。おそるおそる受け取ったサーベルの予想外の重さに、彼らはこんなものを振り回しているのかとびっくりする。

三人の兵士は武器を奪われ戦意を喪失したのか、土に膝をついたまま立ちあがれないようだった。そのうちのひとり、三十代後半ほどか、見る限り最も年長だろう男の目前にサーベルを突きつけて、レイシュアはひどく冷酷な声で問うた。

「オズウェルドの手のものだろう？　なぜここにいる」

男が恐怖に喉を鳴らすのがわかった。鋭い刃物が目の前にあればそれは当然怖いだろう。声も出ない様子の男に焦れたのか、あるいは待つ時間を惜しんだのかレイシュアがさらに刃の先端を近づけると、怯え切った声でようやく彼が答えた。

「マルコットが……。やつが逃げたから、こっそりあとをつけてきました」

和以の知らない名を聞いたレイシュアがその瞬間に、空気が凍りつくような緊迫した気配をまとったのは、後ろ姿からだけでもはっきりとわかった。彼が、言葉ではなく突きつけたサーベルの動きで続きを促すと、男は危なっかしくつかえつつもなんとか説明した。

男のセリフには時々、和以には意味の取れない単語が挟まれた。よってすべてが理解できたわけではないにせよ、彼らが、正体が露見し城から逃げ出したレイシュアの内通者を追ってきた、現王の兵士であることはわかった。マルコットというのはその内通者の名で、犬を使って反逆軍と密かに連絡を取りあっている事実が知られてしまったらしい。

　はじめてこの世界を訪れ洞窟に連れ込まれた日、仲間のひとりが、エルに渡された手紙らしきものを犬の足に結わえつけているのを見た。あの犬は洞窟のレイシュアたちと城の内通者が内密にやりとりするために訓練された、伝書鳩ならぬ伝書犬なのではないか、という当時の想像は間違っていなかったようだ。

　その伝書犬の存在が、オズウェルド側に露呈した。どうしてそんな事態になったのかはわからないが、『グラヴィ』を捕らえたすぐあとにレイシュアが現れたことからオズウェルドは内通者の存在を疑ってはいたろうから、兵士たちにいままで以上に周囲を厳しく監視するよう命じていたのかもしれない。

「……オズウェルド王は、賞金首である弟を殺したものはもちろん、『グラヴィ』を取り返した、もしくは命を奪ったものにも金と地位をやる、命の保証もすると言いました。互いに『グラヴィ』の力がない状態なら弟より自身のほうが強いので、手に入らないくらいならさっさと消してしまえと」

　サーベルを構えたレイシュアを前に、抵抗したところで無駄だと悟ったのか男は嗄《か》れた声で続けた。他のふたりも座り込んだまま無言でうなだれているのみで、男の言葉を止めもしなかったし、立ちあがる気力さえもない様子だった。そんな姿を見て、彼らはきっと王への忠誠心から兵士をしているわけではないのだろうなと推測する。

　兵役により集められた兵士は逆らうことを許されない王の手足にさせられる、いつか和以にそう教えたのはレイシュアだった。おのが意思ではなく強いられ兵士となったものたちならば、ここで命を捨ててまでレイシュアに抗う理由はない。レイシュアの仲間のように、リーダーに惚れ込んで仕えているわけではないのだから当然だ。

「それくらいもできない役立たずに用はないそうです。つまり我々は、武術に優れたレイシュア様の命を取るのは無理でも、せめて『グラヴィ』を奪い返すか殺すかしなければ罰を受ける、命の保証がないということです。あのオズウェルド王が言うのだからただの脅しではないでしょう」

　男がレイシュアに、様、と敬称をつけたのは意外だった。彼らの中でレイシュアは、命を奪えば財産と地位を得られる賞金首であるのと同時に、いまでも王族のひとりとして認識されているのかもしれない。

　考えてみれば、レイシュアは国民に害をなすものではないのだから、彼らにとっては憎しみや恨みの対象となるわけではないのだ。恐怖でもって国を治めるオズウェルドよりむしろ好意的に見られていてもおかしくはない。

　レイシュアならオズウェルド王の独裁を、それゆえの国の異常な現状をなんとかしてくれるのではないか。男が拍子抜けするほど素直なのは、そうした心理がどこかにあるからではないのか？　レイシュアの背後でひとりそんなことを思った。

「あの男は相変わらずひとの命をものとしか考えていないな」

　武器を奪われた彼らから完全に敵意が消えたのを感じ取ったらしく、レイシュアはそこで男に突きつけていたサーベルの先を落とし呟いた。それから改めて周囲を見渡し男に問いかける。

「他には。おまえたち以外に兵はいないのか。たった三人でマルコットを追いこの森へ踏み込んだのか？」

「はい。他のものはマルコットがこの森へ逃げたことも知らないかと。偶然城から抜け出すマルコットを見つけた我々は、大勢で事をなしても個人の功にはならないと判断し、自分たちだけでも罰を逃れようと内緒でマルコットのあとをつけてきました。そうしたらレイシュア様と『グラヴィ』の姿が」

「わかった。もういい」

　レイシュアは珍しく溜息をつき男の言葉を遮った。彼らを責めても意味がない、というより責められないと考えたのかもしれない。なぜなら彼らの行動はすべてオズウェルドへの恐怖心からくるものだからだ。なにより命を大事にしろ、それがレイシュアの価値観である以上、彼には、自身の命を守るために動いたものをおのが優位にある状況で責め立てる理由がない。

「レイシュア様！　マルコットがアジトに戻ってきています」

　遠くからエルの声が聞こえてきたのはそのときだった。はっとしてそちらへ視線をやると、常になく緊迫した様子で木々のあいだを足早に縫い近寄ってくるエルの姿が見えた。

彼は、レイシュアと和以、座り込んだ三人の兵士を目にして驚きの表情を浮かべた。

「レイシュア様、なにがあったんですか」

「構うな。どうした？」

エルの当然の質問はひとまず流しレイシュアが問い返すと、エルは眉をひそめてからレイシュアに身を寄せて何事か耳打ちした。もはや敵意はうかがえない、とはいえ正体の知れない三人の兵士を警戒したのだと思う。

エルがレイシュアになにを報告しているのかは聞き取れなかったが、マルコットが、と言っていたからには内通者に関することなのだろう。エル同様に僅かばかり眉根を寄せるレイシュアを見て、なんともいえない不安が胸に広がっていくのを感じる。

それが誰であるのか決して露見してはならない内通者の、少なくともひとりがオズウェルド側に見つかってしまった。その事実はレイシュア勢の今後に大きく影響する。

ならばレイシュアはこれからどう動く？　この二週間、彼らとともに自分の立場も半ば忘れるほどにゆるやかな生活を送っていた。しかし奪ったサーベルを振るう姿を目前に見て改めて思い知らされたのは、レイシュアは剣をもって暴君に敵対する反逆者なのだという重い事実だった。

なんでもするから命だけは取らないでくれと土に額を擦りつけて乞う兵士たちを、レイシュアから事情を聞かされたエルははじめ、切るべきだと断じた。彼から感じたのは冷徹さというより怒気だった。

「カズイを殺そうとした？　許しがたい。いまさら命乞いしたところで遅いでしょう、我々の敵として現れた以上は、理由はどうあれこのものたちは違わず敵です」

「待て、エル。なんでもすると言っているのだから、遠慮なくなんでもしてもらおうではないか。我々にとってはむしろ彼らがここにいることは幸運だ」

しかしレイシュアは、和以が抱えているサーベルに手を伸ばすエルを止め、いつも以上に淡々とそう言った。それから、同じ口調で今度は身を丸めている男たちに声をかける。

「条件を出そう。まずひとつは、城の情報を私が求める通りに嘘偽りなく教えることだ。次に、いくらかのあいだこちらに身柄を預けること、このふたつをのむのならば、おまえたちの命は私が保証する」

三人の兵士はレイシュアのセリフにはっと顔を上げ、慌てて何度も頷いてから再び土下座した。エルはそれでも少しのあいだ納得できないというように無言で彼らを睨んでいたが、レイシュアに「エル」と短く名を呼ばれ、派手に溜息をつきリーダーに同意した。

心情としては許せないにせよ、理屈ではここで彼らを切り捨てるのは好手でないとわかっているのだろう。常に冷静なのかと思っていた参謀にも感情的なところがあるんだなと少々意外に思った。あるいは彼は、『グラヴィ』という立場以上にひとりの人間としての和以を大事な仲間であると認識しており、だからこそその命を奪おうとしたものに腹を立ててくれたのかもしれない。

「万が一妙な真似をすれば、私はおまえたちを切らねばならなくなる。でなければ我々が危険だ。私は必要とあればためらいなくひとを切る。しかし、切ることを好むわけではない。私に手間をかけさせるなよ、わかるな」

　低い声で念を押しこれにも幾度となく頷く姿を確認して、レイシュアはまず自らの服を裂き傷の手当てをしてやってから、兵士たちを立ちあがらせ先に立って洞窟へ向かった。反逆軍にとってはより安全であるアジトで話をするつもりなのだろう。

　指示されてエルに二本のサーベルを渡すと、彼はそれを左右の手に握り一行の後ろについた。切りかかるのではと若干不安になりつつ横目で見た彼は、和以の危惧を察したのか肩をすくめてこう言った。

「大丈夫ですよ。彼らが従順であるならいきなり襲いかかったりしませんから」

　いつも通りの穏やかな声音にほっとした。どうやら先のレイシュアの言葉を聞き、またそれに対する兵士たちの態度を見てエルも怒りを収めたらしい。

　洞窟の扉を開けたレイシュアは、マルコットが戻ってきているためか常になくざわついている仲間を視線で制し、兵士たちを真っ直ぐに八の間へ連れ込んだ。はじめてこのアジトへ来た夜に和以が閉じ込められた、鍵のかかる頑丈な扉がある部屋だ。

地図とペンを持ってきてくれというレイシュアの頼みに応えていっとき姿を消したエルは、すぐに丸めた羊皮紙と羽ペン、インク壺《つぼ》を手に戻ってきた。それほど広い部屋ではないので、レイシュアとそれにならった和以、エル、三人の兵士たちがそろうとさすがに少し窮屈だ。

「では、ひとつめの条件に従ってもらおう。城の情報だ。とはいえさほど難しいことを訊くつもりはない」

なにかあった際に守るためなのか和以をすぐ隣に座らせ、自らも腰を下ろしたレイシュアがそう切り出した。床の上にエルが持ってきた羊皮紙を広げ、そのまわりを囲むように兵士たちも同様に座らせる。

羊皮紙はそこそこの大きさがあり、表面には城の屋内地図が描かれていた。部屋や廊下、階段の位置関係といった城内部の構造がわかりやすく記されている。まだ新しい羊皮紙のようなので、城から持ち出したのではなく、レイシュアたちがオズウェルドのもとより逃げたのちに仲間と記憶を持ち寄って作成したものだと思う。

「まず、兵士が見張りを命ぜられている箇所が知りたい。先日侵入した際に見た限り、城内の構造は私がいたころとさして変わっていないようだったから、二年ほど留守にしたとはいえ迷いはしまい。しかし現在の兵士の配置がわからない」

レイシュアのセリフから、この男はいよいよ城に乗り込む気なのだということは把握できた。内通者が見つかってしまった以上はのんびりしてもいられないということか。ちらと目をやったエルもリーダーの判断に異論はないようで、黙ってレイシュアと兵士たちのやりとりを聞いている。

いくら城に内通者がいるとはいえ、彼らとレイシュアのいる洞窟とのあいだを行き来するのは犬一匹だ。簡単な手紙程度なら託せるとしても、こんなに大きな地図を犬の身体にくくりつけるわけにもいかなかろう。なのでレイシュアは、地図を使ってしか把握できないような城の詳細をいままで知ることができなかったのだ。

年長の兵士がエルの差し出した羽ペンを受け取り、ここにひとり、ここはふたりと説明しながら、特にためらいも迷いも見せず地図の上に丸印をつけた。その様子からは、従わなければ命を取られるのでしかたなくというよりも、むしろ目の前のレイシュアに協力したいという意思が感じ取れるような気がした。

あとはここも、こっちにもと口を挟むふたりの兵士からもまた同様の印象を受けた。あるいはこの三人の兵士は、オズウェルドの横暴に怯え続ける日々に疲れ、いっそレイシュアに現王を討ってもらったほうがよいと考えはじめているのかもしれない。

兵士たちが地図上に丸印をつけ終えたあと、レイシュアは次にこう要求した。

「ではもうひとつ。地下の書庫およびその周辺の状況を教えてくれ。夜だ。明かりはあるのか、ひとの出入りは？」

地下の書庫？　和以が首を傾げていると、地図から目を上げたエルが説明した。

「レイシュア様の子どものころの遊び場です。このひとは通気口に潜る秘密の冒険がお好きでしたから。知っているのは世話係だった私くらいでしょう。現在は、その手の仕事が得意なキースの指揮で製作した、城外の森から書庫の通気口へと通じるトンネルがあります」

エルの言葉になるほどと頷いた。いつだったかレイシュアは、この洞窟に居着くようになってから数か月のあいだに、城内への侵入経路を内密に確保したと言っていた。つまり彼らは、いざというときこっそり城へ忍び込めるよう、レイシュアが潜って遊んでいた地下書庫の通気口と城外とをつなげる通路を作っていたというわけだ。

エルが声を潜めなかったのは、もはや兵士たちに隠す必要はないと考えたためだろう。なにを聞かれたところで彼らはどうせここからは逃げられないから、というだけではなく、地図上に丸印をつける三人の様子を見てエルにも思うところがあったのかもしれない。

「地階に続く階段に念のため兵士を置いているだけで、二、三度私もそこに立ちましたが、夜の地下はひとけもなく静かなものです。書庫と倉庫しかありませんから通常は昼間しか使いません。明かりの場所は二年前と同じです」

年長の兵士がレイシュアの問いに答え、それから少し考えるような間を置いたあと、いったんはエルに返したペンを再度借りて地図に線を引いた。

「有事となれば王は護衛を連れ玉座の間で迎えるでしょう。怯えて他の部屋に隠れるような人物ではないです。私の知る限り、地下の書庫から玉座の間までの、最も警備の薄いルートはこうです。書庫を出て右手にある裏の階段で一階へ行き螺旋階段を上って、ここの廊下で表へ回るとすぐに玉座の間への階段です」

誰かが訊ねる前に自らそう説明した兵士に、いくらか驚いた。つい彼の顔を見つめ、そこに浮かんでいた表情を認めて次に納得を覚える。レイシュアに現王を討ってもらったほうがよいと考えはじめている、というよりいま彼ははっきりと、討ってもらいたい、そのために力になりたいと思っているのではないか。真剣な男の面持ちからはそんな気持ちがうかがえる。

レイシュアは兵士の言葉に「わかった。私はおまえを信じる」と返し、丸めた地図を手に立ちあがった。和以とエルを連れて八の間を出る際に兵士たちに告げたセリフは、違いなく彼の本心であり、また決意でもあるのだろう。

「少しのあいだ耐えれば国は変わる。それまで大人しくここで待っていてくれ、一応鍵はかけるが恨むなよ。おまえたちが私に協力してくれたかわりに、私は約束する。ルトナークに住まう人々を苦しめるオズウェルドを、必ずやこの手で倒してやろう」

それから急ぎ三人で広間へ向かうと、そこにはひとりの男が横たわっており、何人もの仲間が心配そうな顔でそのまわりに座っていた。全身に包帯がわりの布を巻きつけられ、また片腕が折れているのか添え木で固定されている男は、満身創痍の状態であるようだった。仄《ほの》かに感じたティートリーの香りは、小ぶりのガラス瓶にもまだいくらか残っている傷薬らしきオイルから漂うものだろう。

　どこかで見たことがある顔だと記憶を探り、そうだ、この世界を訪れた最初に城内で自分を囲んでいたオズウェルド王の兵士のひとりだと思い出す。隣でレイシュアが「マルコット」と呟いたので、あのときはただの兵士にしか見えなかった彼が、城から逃げ出してきた内通者なのだと知れた。

「レイシュア様。申し訳ありません」

　レイシュアの姿を認め掠れた声で言い、なんとか身を起こそうとするマルコットを、そのすぐそばに片膝をついたレイシュアが「動かなくていい」と制した。そっと盗み見た彼の横顔は常通り無表情に近かったが、和以の気のせいでなければどこかに苦しげな色を秘めていた。

　失えばおのが心まですり減らしてしまうほど仲間を大切にしている男のことだから、胸中はマルコットと等しくひどく傷ついているのではないか。そう想像すると、見ているこちらまで胸のあたりが痛くなる。

「なにがあった。説明できるか？」

　静かな声で問うたレイシュアに小さく頷いてみせ、マルコットは時々痛みに呻きながらも状況を告げた。それによると、先ほど森でオズウェルドの兵士が言っていた通り、彼は犬を使ってレイシュアたちとやりとりしている事実を知られ、正体が割れてしまったらしい。

　要するに、手紙を足に結わえつけた伝書犬を城から放とうとしていたところを他の兵士に目撃され、不審な動きをするものとして犬共々捕らえられ調べを受けて、内通者であることが露見したということだ。

　手紙の内容はオズウェルドの向こう一か月ほどの公務スケジュールで、王の隙を狙う反逆者、すなわちレイシュアに向けたものであることは明らかだった。なにせルトナークには、王に反旗を翻そうと自ら立ちあがるものなど他にいないのだ。よって犬はその場で切り殺され、またマルコットもあわや殺されるのではないかというほどの拷問を受けたという。

「他のものも、その私を助けようとし、内通者であることが知られてしまいました。私が早く、死んでいれば、少なくともみなは発覚しなかったかもしれないのに」

「おまえが死んでも私はよろこばない」

　もっと言いたいこともあったろうに、レイシュアはただ低くそう告げた。冷静な声とは裏腹に彼がおのが右手を強く握りしめていることに気づき、この男はやはり傷ついているのだ、それを隠そうとしているのだと知り、同調するように息が苦しくなる。

　内通者のひとりがつかまり暴行を受けたところで、レイシュアへ城の情報を伝えるという役目を今後も果たすために、本来なら他の内通者は傍観していなければならない。しかし彼らは仲間が殺されそうになっているのを黙って見てはいられなかったのだろう。

　いつか和以にもそう言ったようにレイシュアは、命はなによりも大切なものだとみなに伝えてきたのだと思う。だからこそ仲間の命を守ろうとした彼らの行動を、レイシュアも、他の誰も責めることはできない。

「私は現状をレイシュア様に報告しなくてはと、なんとかひとり城から逃げ出し、ここへ」

マルコットは苦しげに顔を歪《ゆが》ませ、息を喘《あえ》がせつつ続けた。

「まだ城にいるものが簡単に口を割るとは思えませんが、あの残虐な王に手段を選ばず責め立てられたら、いずれこの場所についても喋ってしまうかもしれませんし、当然彼らの身も危険です。それに、内通者の存在が明らかになったことで、オズウェルドの警戒もいままで以上に強まるでしょう。申し訳ありません」

「つらい思いをさせたな。ゆっくり休め」

レイシュアは真っ直ぐにマルコットを見つめ短くそう告げて立ちあがった。後ろに控えていたエルを振り返り、「みなを広間に集めておいてくれ。私は外で今後の作戦を考えてくる」と指示してからひとりで洞窟の入り口へと向かう。

彼の態度はいつもと変わらず淡々としたものだった。しかし和以の目にはその背中が、苦しい、痛いと悲鳴を上げているように見えた。とても放ってはおけない。

レイシュアについていってもいいかと眼差しだけでエルに問うと、察したように頷かれたので、慌てて彼を追いかけた。エルが誰かに同行を指示しなかったのは、野生動物を手懐けられる和以にとって現在の森は危険ではない、なによりレイシュアと和以をふたりきりにしたほうがいいという判断なのだろう。

レイシュアが出ていった重い扉を両手で開け、いつのまにか夕刻になっていた森に足を踏み出した。

彼の姿はすぐには見つからなかった。洞窟近くを右へ左へと探し回ったのちに、何度かふたりですごし先ほど兵士から襲われたばかりの川辺につまずきつつも駆けていくと、ようやく彼の背中が見えたのでほっとした。

走ったせいではあはあ乱れている呼吸を落ち着けてから、岩に座っているレイシュアに歩み寄り、声はかけずに黙って隣に座った。その和以には視線を向けず、レイシュアもまた無言のまま川を眺めている。

この男はいま仲間を傷つけられて苦しいし悔しいのだろう。表情や声にそうはっきりとは出せずとも、マルコット同様に傷ついている。どこへ行けども追われ続け仲間を失って、ゆえに心を忘れた男の胸の中に、それでも残っている感情のかけらを揺さぶるのは、やはり仲間の命なのだ。

そんな気持ちが容易に想像できたので、かけるべき言葉はなかなか思いつかなかったし無遠慮に顔を注視することもできなかった。レイシュア同様川をじっと見つめたまま、なにを告げればいいのか必死に考えていると、しばらくの沈黙のあと彼がこう零《こぼ》した。

「ひとは簡単に傷つく。命を落とす。どれだけ大事に思っているものでもだ」

常より低いレイシュアの声は、ふたりきりの川辺で気が緩んでいるのか、あからさまではなくても僅かばかりは正直な苦悩を感じさせるものだった。だからこそ下手なことも言えず唇を嚙んでいる和以の反応は待たずに、彼は前を向いたまま続けた。

「まただ。また仲間が傷ついた。私が選んだ道は正しいはずだ、正しいはずなのに、こうした状況に置かれるたび本当に正しかったのかと振り返っては迷う。私は弱い」

　迷う、弱い、そんな単語を彼の口から聞いたのははじめてで、少し驚いた。普段であれば決して声にはしないだろう言葉を口に出した彼は、いまそれだけつらいのだ。そう思うと、驚きが去ったのちに今度は違う感情が湧きあがる。

　この男を慰めたい。心癒やしてやりたい。真っ直ぐな意志の中に迷いが紛れ込むのならば、自分が取り除いてあげたい。そうして彼を、助けたい。

　過去にも幾度か感じたその願いのような祈りのような思いに改めて胸を占められ、先と等しく息苦しくなった。レイシュアを助けたい。どうすればいい？　懸命に考えていると、胸もとのサファイアが小さく光るのがわかった。

　これがはじめて光ったのは確か子連れの狼と出会ったときだったか、と思い出すのと同時に、川辺に敷き詰められた草が密やかにつけていたつぼみが、一斉に花開いた。

　それは夢のような光景だった。赤や白、黄色、レイシュアの苦悩を映すかのごとくどんよりと湿気《しけ》た空気がこもっていたふたりのまわりが、一瞬で色鮮やかな美しい世界に変わる。

　不可思議な現象に和以がぽかんと口を開けていると、同様にあっけにとられていたのかしばらく声を発さずにいたレイシュアが、ようやく和以に、それからまだ微かに光っているペンダントに視線を向けて問うた。

「なぜ？　そのサファイアはおまえの心そのものだ。光を発し狼を手懐けることもできる。いまは？

いまおまえはなにを考えた？」

「……君を慰めたい。心を癒やしたいと思った。迷いがあるならおれが消したい、助けたいと」

驚いたあまりうまい答えも考えつかず、レイシュアに眼差しを返してただ感じたままを素直に告げた。レイシュアは二、三度目を瞬かせてから、「助けたい？」と和以のセリフをくり返した。

和以がなにを言っているのかわからないといった顔をしているレイシュアを見て、そこで自分に対する少しの焦れを感じた。助けたい、そんな思いも伝えられないなんて悔しい。彼の片手を摑むことにためらいを覚えなかったのは、たくさんの花々が咲くその美しさに感化され心にブレーキがきかなくなっていたからかもしれない。

「正しいと思う道なら進めばいいんだ。それが君にとっての正解なんだから。そして君の仲間にとっても正解なんだよ」

伝われ、伝わってくれと念じながら、両手で彼の片手を握りしめて言いつのった。

「道の途中で迷いや苦しみを感じるなら、おれにぶつければいい。さっきも言ったろ？　誰に見せられなくても、おれが相手だったら弱い姿やみっともない姿を見せたっていいじゃないか、幻滅なんてしないよ。おれは君が苦しんでいるのをただ眺めているのはいやだ。おれは君の力になりたい」

レイシュアは少しのあいだ和以を見つめて黙っていた。王族を相手にこんな説教をする人間は過去あまりいなかったのか、澄んだ青い瞳には僅かばかりの驚きと戸惑いがうかがえる。その表情を目にして、確かに、先にも増してずいぶんと偉そうなことを言ったなと自覚はした。

彼は不快にならないか、不遜なやつだと思われないかと内心はらはらする。とはいえここでなんでもないと撤回すれば本当に伝わらないままだと、こちらも無言で彼を見つめ返した。この男は、こうしてちゃんと声にし主張しなければ相手の気持ちを解せないのだから、遠慮をしていてもはじまらないのだ。

ふたりそろって口を閉じしばらく見つめあったあと、レイシュアはすっと視線をそらした。やっぱり出しゃばりすぎたかとそわそわ様子をうかがった彼は、しかし特に不愉快になったようでもなく、周囲に咲く花々を見て「美しいな」と言った。

淡々とした声からは先ほど感じた苦悩が消えているように思われた。間違っても明るいとはいえない、それでもいくらかは軽くなったかもしれない。

「私がおのれの行動に疑問を覚えている場合ではないか。私はこの色とりどりの花のように、優しく自由で、王と民がともに尊重しあえる美しい国を作りたいと動いてきた。そのこと自体は間違いではないと信じている。そして仲間は私の考えに賛同しついてきてくれた。しかしいまの私はどうだ」

片手を握りしめる和以の手は払わず、花を見つめてレイシュアは続けた。

「初心を忘れ兄を倒したいとそればかりで、真の目的を見失っている。だからこそ、正しいはずの道が自身の身勝手にすぎないのではないかと迷いが生じる。このままでは私を守り死んでいった仲間の命が泣くな。私は痛みに麻痺するのではなく、噛みしめなければならない」

おのが思いを隠さず口に出した彼に、これ以上はなにを言う必要もないかと、口をつぐんだままその手を握るてのひらに力を込めた。きっといまのレイシュアは、逃げてしまったといつか表現した心を自身で取り戻す必要があると気づきはじめているのだろう。でなければそんなセリフは出てこない。ならばこのとき、この場所で、他人の言葉は雑音だ。

レイシュアはそこまで告げてから、またしばらく黙った。川辺に咲く花々の中で見る彼の横顔は、怖いくらいに美しかった。いつも通りほとんど無表情だ、なのに普段とは違うように感じられたのは、彼が、痛むたびに心をちぎり捨ててきたおのれを少しずつでも見つめ直そうとしているからこそだと思う。

それまで花を眺めていたレイシュアが、ふと和以に目を向けた。そこでようやく自分がその横顔に見蕩れていたことを自覚し、なんだか妙に落ち着かなくなる。

おれにぶつければいいというセリフに応え彼は思いを語ったのだから、少なくとも自分の言いたいことの幾ばくかは伝わったのだろう。ならばもういいかと彼の手を握っていた両手を離したら、今度は逆に彼から片方の手首を摑まれたのでびっくりした。

「レイシュア？」

意味がわからずについ名を呼んでも、レイシュアは指を解かなかった。そのままもう片方の手を和以の頬《ほお》に添えて、静かにこう囁く。

「ありがとう。おまえの優しい心が咲かせた花々に、助けられた」

キスされるのだなというのは気配でわかった。ちょっと待ってくれと和以が言う前に、なんの躊躇もなく美貌が近づいてきて、まるでそうするのが当たり前といわんばかりの自然さで唇に唇を重ねられる。

　思わず目を見張ってから、慌ててぎゅっと瞼を閉じた。いきなりの彼からの行為にますます意味がわからなくなり混乱する。

　胸が破裂してしまうのではないかと怖くなるくらいに、心臓がばくばくと派手に鼓動した。なぜいま自分はこの男にキスをされている？　彼はなにを思って自分にキスをしている？　考えようにも頭の中はぐちゃぐちゃでうまく思考が働かない。

　少なくとも自分が二十八年生きてきた世界では、唇へのキスは恋情だとか欲情だとかがあってはじめて交わすものだった。しかしこの世界では違うのか。レイシュアは単にありがとうという言葉の通り感謝を示しているだけか？　それとも彼なりに好意、好感を伝えようとしているのか？　理解しようと努めてもそんな冷静さは唇を吸われてあっさり逃げていく。

「ん、は……っ、あ」

　相手の意思を確認する様子もなく、というより和以が咄嗟《とっさ》に抗えずにいるのを了承と受け取ったのだろうレイシュアに、これもまたためらいなく舌を挿《さ》し入れられて意図せぬ喘ぎが洩れた。硬質でひんやりしているなんて印象をまとう男の舌はあたたかく、また生々しく唾液で濡れていて、確かに人間の味がした。

　口の中を丁寧に舐められても舌先で誘われても、驚きのあまり硬直するばかりで指一本動かすこと

ができなかった。いくらかでも余裕があればなにがしかの反応を返せたろう、しかしそんなものはない、まったくない。なにがなんだかわからない。

それでも、レイシュアからのくちづけは、決していやではなかった。むしろ自分でも種類さえ把握できないほどの興奮が押し寄せてきてくらくらした。

全身が痺《しび》れる。これはよろこびか、嬉しいのか？　自分はこの男に好意を、ではなく恋情を抱きはじめているのだろうか。


気が動転していた和以には正確なところはわからないが、ふたりが唇を合わせていた時間はそれほど長くはなかったと思う。

キスを解いたあとレイシュアは、ようやく目を開けた和以をじっと見つめ、微かに笑って再度「ありがとう」と言った。何度か見たことのある微笑よりも心なしか優しい表情に感じられたのは、気のせいではないだろう。

あたりに視線を向けると、先ほどまで咲き誇っていた花々が、流れる風に任せ花弁を落としはじめているのが見えた。目をやった胸もとのペンダントはもう光を放っていない。レイシュアを助けたい、そんな和以の祈りに同調して花を開かせたサファイアの力は、目的は達したからと収まってしまったようだ。

おまえの優しい心が咲かせた花々に助けられた、くちづけをする前に彼が囁いた言葉は、いくら混乱したからといって忘れていいものではない。自分はちゃんとこの男を助けることができたのだ、傷ついた彼を少しだとしても癒やせたのだ、そう考えるとほっと安堵の吐息が洩れる。

立ちあがった彼に摑まれていた手首を引かれ、素直にならおうとして派手によろめいた。まだ身体が強ばったままでうまく動かない。レイシュアは、川に落ちそうになっている和以の腰に腕を回して抱きとめ、いつものように淡々とした調子で言った。

「カズイ、どうした？　大丈夫か。ふらついている。疲れているのか？」

すっかりいつもの無表情に戻っているレイシュアは、本当になぜ和以が固まっているのかわかっていない様子だった。なので、君が急にキスをするからだとも言い返せず「だ、大丈夫だ、花にびっくりしただけだ」と無理やりごまかす。

我ながら明らかに胡乱《うろん》な態度だったのに、レイシュアは和以の言い訳を単純にそのままの意味で聞いたらしい。花が散る川辺を見渡して「確かに驚いた」と同意を示し、和以の腰から手を離して先に立ち森の中を洞窟へと向かう。

彼の背中からはもう、満身創痍のマルコットを目の当たりにした際に見せた苦しみはうかがえなかったし、痛いと悲鳴を上げているようでもなかった。川辺で花に囲まれ和以と言葉を、それからくちづけを交わし、彼の中でなにかが吹っ切れた、というより覚悟が決まったのかもしれない。

落ち着け、落ち着け、と自分に言い聞かせて彼のあとを追いアジトへ戻った。広間にはすでに約二十人の仲間が集まっており、レイシュアはなにも言わぬまま和以を隣にしその中央に座った。いくらそれなりに広い部屋とはいえこの人数が入るとさすがに手狭だったが、もう見慣れた顔ぶれなので互いの膝が触れあうくらいの距離感にも居心地の悪さは覚えなかった。

マルコットは別の間に寝かせてある旨をレイシュアに報告してから、まずはエルが話を切り出した。

「では現状の確認を。マルコットの言っていた通り、城内の内通者の正体が露呈した以上、いつかはこの場所もオズウェルド側に知られてしまうと思ったほうがいいですね」

おそらく彼らの作戦会議はいつもこうした順序ではじまるのだろう。はじめになされる参謀からの説明をいたって真剣な顔つきで聞いている仲間は、特に不自然さを感じている様子はない。

「とはいえまたアジトを移すのは得策ではありません。もう頼れる内通者がいないとなると城の内情がわからず、あちらへこちらへと逃げ回り無駄な時間がすぎれば、いまよりさらに不利になるでしょう。レイシュア様のお考えは？」

「そうだな。『グラヴィ』の力を得てからと思っていたが、いまが動くべきときか。もはや力が足りないなどと言っていられる状況ではない」

エルから発言を求められ、それまで黙っていたレイシュアが口を開いた。

「なにより、現在捕らえられたまま生きている仲間がいるのならば助けなければならない。これ以上は失いたくない、誰も苦しめたくない。仲間も、それから国で怯えて暮らす民もだ。みな私の大切なものたちだ」

　普段通り淡々としているようでいながら、彼の声には確かにいつもよりは温度があった。感情を欠いているみたいだなと幾度も考えた口調とは違う、心の存在を示す声色だと思う。

　レイシュアの言葉を聞き、エルも仲間も少々驚いた顔を見せた。リーダーの口からそんな声、そんなセリフを聞くのは久々だといった面持ちだ。

「城に攻め入る。日時は明日の夜だ。アジトが割れる前に、また、仲間が殺される前に踏み込む」

　レイシュアは彼らの表情の変化には気づいていないらしく、今度は声音から温度を消して続けた。

「準備はほぼ整っているので問題はあるまい。あとは兵か。ここにいるものたちだけではさすがに足りないので、いざ事を起こす際には兵士を都合してくれるよう頼んである協力者たちから借り受ける。彼らのもとから我々に合流したものは、各自いったん戻って兵を連れてきてくれ」

「そうすると、滞りなく兵を集められれば五、六十ほどにはなりますか。我々と合わせて七、八十。充分とはいえないにせよ、やりかた次第でまあなんとかなるでしょう。ここからだと、地元が一番遠方なのはキースですね。明日の夜までに間にあいますか？」

　エルに話を振られて、部屋の隅にいたキースが常と変わらず明るい調子で答えた。

「いつも通り森の外れで馬を貸してもらえれば大丈夫ですよ。このあと夜中から走れば朝にはあっちにつくし、元主人に話をして兵隊連れてくるだけなら遅くても明日の昼すぎには戻れます」

「実に頼もしい。他のかたたちもよろしくお願いします。それで、レイシュア様。策はどうします？

我々側が人数的に不利であるのは事実ですし、マルコットの件があるのでオズウェルドも警戒しているでしょう。先日のようにただ正面突破を試みても無駄死にするだけです」

キースからレイシュアに視線を戻して問うたエルに、反逆軍のリーダーは「二手に分かれる」と答え、おのが考えた作戦を説明しはじめた。その発言をまとめると、要するにレイシュアは、兵を潜入班と陽動班に分けて各々違う方法で城に入ろうと計画しているようだった。

つまり、レイシュアを含めた五人ほどの少数精鋭部隊が、潜入班として地下書庫へと続く侵入経路から城内に忍び込む。この班は、現在八の間に閉じ込めているオズウェルドの兵士から教えられたルートで玉座の間へ向かう。

一方、エルはその他の仲間および各地から呼び集めた兵を率い、オズウェルド側の兵士の注意を集めるために、あえて警戒されているであろう正面の門から城内へと押し入る。文字通りの陽動班だ。なおその際、レイシュアの姿が見えないと不審に思われるので、背格好の似た仲間のひとりが覆面をしてリーダーを演じる。

「我々潜入班はともかく、陽動班は確実に派手な戦闘になる。傷を負うだけですめばいいのだが、これぱかりは私もみな必ず無事で戻れるとは言い切れない。エル、構わないか」

レイシュアが低い声で訊ねると、エルは対照的に軽やかな口調で返事をした。

「構いませんよ。このときのためにあなたについてきたのだからいまさら臆しはしません。ここにいるみなも同じ気持ちでいるでしょう。どうですか？」

広間に集まる仲間のすべてがエルのセリフに力強く頷くのを見て、レイシュアもまたひとつ頷いた。ありがとう、という意味であることは、彼が声にしなくとも伝わってきた。

レイシュアが潜入班に選んだメンバーは、キース、ランドニーとエイドリー、ニコラだった。地下侵入経路の構造を誰よりも把握しているのはトンネル製作を主導したキースであるし、彼は小回りがきくからどのような場面でも役に立つ。また他の面子《メンツ》は見るからに腕力に秀でていそうだ。敵に見つからないよう少数で動くのならば最善の選択なのだろう。

「カズイはここで待っていてくれ。事がすんだのちに呼びにくる。万が一翌日の昼になっても我々が誰ひとりとして戻らなければ、洞窟を出て逃げろ。東に歩くと森の外れに協力者の屋敷がある」

大まかに仲間へ役目を割り振ったあとレイシュアがそう言ったものだから、びっくりした。当然彼らとともに城へ行くものだと考えていたのだ。思わず彼の片腕を摑み「なんでだよ」と問うた声は自然と責めるものになったがこの際構うまい。

「おれは君たちの仲間じゃないのか？　どうしておれだけ置いていくんだ、足手まといになるからか？」

「そうではない、危険だからだ。おまえは兵士ではないんだ、剣をもって戦うすべも知るまい？　私はおまえの命を危険に晒したくはない」

和以の訴えに言い聞かせる口調で答えたレイシュアに他意はないようだった。この男は正直なうえに決して口がうまいほうではないから、それが彼の本心であることはわかった。としてもここで、はい承知しましたとは頷けない。もし自分の知らないところで彼が死んでしまったら、そう想像するだけで寒気がする。

「いやだ。おれも君と一緒に行く」

「カズイ。聞き分けてくれ」

「おれは『グラヴィ』だ。王族に力をもたらすものなんだろ、だったら君の力になれるかもしれない。いざというときにはおれをオズウェルドに差し出して、君こそ逃げろ」

　必死に言いつのると、レイシュアはしばらく黙って和以を真っ直ぐに見つめてから、説得は諦めたらしく「ならば作戦中は決して私から離れるな」と厳しい口調で命令した。その言葉にほっとして彼の腕を掴んでいた手を離す。

　では誰と誰はこれから馬を走らせ助っ人を借りにいくように、誰と誰で武器の点検をと、レイシュアが決めた事項をもとにエルが改めて広間に集まる兵士たちに指示をした。黙ってその声を聞いていたレイシュアは、エルの話が終わるのを待ち、仲間が立ちあがる前に口を開いてこう言った。

「いくら掻き集めても我々の陣は百に充たない。認めてしまえば多勢に無勢だ、よって先にも触れたようにみなが無事で戻れるとは言い切れない。だからこそ頼む。誰も死ぬな。なにがあっても命を一番大切にしてくれ」

　心を忘れたはずの彼の声からは、珍しく感情のようなものがうかがえた。それは願いであり、また優しさでもあったのかもしれない。命を落とすくらいならば自分だけでも逃げて生き延びろ、残されても恨みはしないからまずはおのれを守れと彼は仲間に伝えたいのだろう。

みなが頷くのを認めたレイシュアは次に和以へ目を移し、今度はいやにきっぱりとした口調で告げた。

「おまえは私が守る。誰にも渡さない」

彼の短いセリフに込められた意味はわかった。それゆえにこそ胸のあたりが痛くなるくらいのよろこびに囚われた。

いまのレイシュアは、『グラヴィ』の力を兄に与えたくないと言っているわけではないだろう。和以が『グラヴィ』だからという理由ではなく、ただひとりの人間として、守る、渡さないと約束したのだ。

幾度か頷いてから「おれは死なない。おれも君を守りたい」と震える声で応じたら、レイシュアが僅かに目を細めた。それは笑顔といえるほどのものではなかったが、いままでの彼からすれば充分に優しく穏やかな表情だった。

もう死んでしまおうと思っていた。このアジトを訪れたばかりのころそう告白した和以が、死なない、とはっきり口に出したことに彼は満足したのかもしれない。

与えられた役割を果たすためにみなが広間を去り、それを見送ってから最後にレイシュアは和以を連れて部屋を出た。いつも通り彼の私室である十の間へ向かい、ふたりで中に入って重い扉を閉める。

「君は明日の夜までになにをするんだ？」

和以が訊ねたら、ブーツを脱いでベッドに横たわったレイシュアが「力を蓄える」とさらりとした声で答えた。

「リーダーが疲れた顔をしていたら士気が下がる。睡眠を取り、食事もとり、万全の状態で仲間の前に、そしてオズウェルドの前に立つ。それが私の役割だ」

彼の言い分は納得できるものだった。ひとの上に立つものはどうあるべきかをこの男はよく知っているのだと半ば感心していると、ここへ来いというようにレイシュアがベッドの隣を叩《たた》いた。おのれは声にされないと相手の意思をうまく察せないくせに、彼自身もときに言葉が足りないよなと今度は少々呆れる。

促されるまま隣に横たわり、彼と同じように天井を眺めた。ゆらゆらと揺れる蠟燭の灯りを映して光と影が綺麗な模様を作っている。

「蓄える、とはいえ私にはやはり、オズウェルドと向きあうには今少し力が足りないのだろうな」

その天井へ両手を伸ばし、レイシュアは独り言の口調で呟いた。

「この手にもっと強い力があれば、いままでも、これからも、誰をも」失わずにすむのに、守れるのに、そんなふうに続くはずだったのだろうセリフをレイシュアは途中で切り両手を下ろした。隣に和以がいることを思い出し、弱音をのみ込んだのだと思う。

　弱音だって愚痴だって泣き言だって、自分の前なら好きなだけ口に出せばいいのにとなんとなく焦れったくなった。それから、彼の欲するものを与えられる存在でありながらその方法を知らない自分に悔しさを感じる。

　レイシュアの言葉は和以に力をよこせと強要するものではない。それでも、自らの意思として彼に力をあげたい。こうしてともにすごすようになって二週間ほどのあいだに、いつのまにか心底からそう願うようになっていた自分を不思議だとは感じなかった。心を忘れ感情を失い、それでもこの国の希望であり続ける彼に、自分は強く惹《ひ》かれているのだろう。

　そしていま彼は少しずつ変わろうとしている。

　私は痛みに麻痺するのではなく、噛みしめなければならない。花咲く川辺でそう言ったレイシュアの胸には、これまでの道のりで指の隙間から零してきた心が蘇りつつあるはずだ。

　その証拠に、先ほどの作戦会議の際、彼はいつもとは違う顔を見せた。僅かにではあれ声には心の存在を示す温度があったし、優しく目を細めもした。自覚があるにせよないにせよ、この男はきっとあたたかな感情を取り戻しはじめているのだと思う。

　これまでは兄への殺意に囚われていた彼が、国を救うという真の目的を、それにともなう熱い志を摑み直すときは遠くないのではないか。そんな彼に『グラヴィ』の力をもたらすにはいったいなにをすればいいのだろう。

「カズイ。おまえが咲かせた花々は、美しかった」

不意に名を呼ばれてはっと隣に目をやると、同様に横を向いたレイシュアと視線が交わった。青く澄んだ瞳で真っ直ぐに見つめられ、これまでだって散々こうして目を合わせてきたのにいまさらのように胸が高鳴り出す。

きっとキスをしたから妙に意識してしまうのだ、ということはわかった。しかしわかったところで一度覚えた、いってしまえばときめきのようなものは消えてくれない。

「赤や白、黄色、さまざまな色をした花だ。あの花々と等しく人間もさまざまな感情を抱きおのが道を歩んでいる。その中で、私は何色なのだろう」

「……君の花は多分これから、望む通りの色に、綺麗に咲くよ」

「そうか。そうだといいが。私にはおそらく思い出さねばならない感情があるんだ。むかしは確かに咲いていて、一度は枯れた感情だ。先ほど色とりどりの花を見て、それが幾ばくか摑めたような気がする。おまえのおかげだ、ありがとう」

レイシュアがそこでふっと微笑《ほほえ》んだので、ますますどきりとした。川辺で花に囲まれていたあのときも、彼はありがとうと言った。それからキスをして、もう一度礼を言って笑った。

そうだ、キスをしたのだ。改めてそう考えた途端に、彼の唇の感触が蘇った。口の中を這った舌の温度や唾液の味まではっきりと思い出す。

彼はどうしてあんなことをしたのだろう。言葉通り感謝を示したかったのか、それともこの世界ではくちづけという行為にもっと違う意味があるのか？　見つめあったままあれこれと思案し、当然そんな和以の心のうちなどには気づかず黙っているレイシュアに、もう本人に訊くしかないかとおそるおそる問うた。

「……なあレイシュア。君はその、どうしておれに、キスしたんだ？」

勝手に小さくなる声を自分の耳で聞きみっともないなと嫌気がさす。しかしレイシュアは特に気にしていない様子で、静かに、それからはじめて聞く穏やかな口調で答えた。

「したいと思った。しばらく忘れていた甘い感情を覚えた。私は、おのが意思でひとの役に立つべく健気に懸命に行動し、また私を助けたいと言った心優しいおまえに、惹かれているのかもしれない」

「……惹かれて」

惹かれているのだろう男に惹かれているのかもしれないと告げられて、ついその単語を鸚鵡《おうむ》みたいにくり返した。癒やしたいとか助けたいとか彼に対してはいくつもの思いを抱いてきたが、そうしたものとは違う種類の情が胸に湧きあがる。

レイシュアは身を起こし、胸の高鳴りを持てあましている和以に覆いかぶさって間近に顔を覗き込んだ。彼の髪が頬に触れるくすぐったさにぴくりと肩が揺れる。

「もう一度、キスをしてもいいか」

じっと目を見つめられてそう問われ、戸惑いと強い高揚を覚えた。それらを逃がすためにひとつ深呼吸をしてから、声も出せぬまま頷いて返すと、すぐに唇を重ねられた。

「は……っ」

目を開けていようと思っていたのに、間を置かず厚い舌を入れられて結局は瞼を閉じてしまった。彼のキスは川辺で交わしたものよりも濃厚だった。ふたりきりの部屋、ベッドの上で、彼はあのとき以上にじっくりと和以を味わおうとしているのだろう。

歯の裏だとか口蓋だとかを好き勝手に舐め回されて、小さな快感の火が灯った。同じ行為であるはずなのに、何度も飽きずくり返した卓也とのキスとは違うものであるように思われた。あの男のくちづけは計算で、この男にはそうしたものはない。だからこそこんなふうに感じるのかもしれないと、火照りはじめた頭の隅で考えた。

「んぅ、あ……、は」

舌先をぬるりと絡められて鳥肌が立つ。川辺では驚きのあまり硬直するばかりだったが、今回は意思を問われ同意したのだし、なにより自分も彼とのキスをもっと味わいたかったので危なっかしく応えると、レイシュアはさらにくちづけを深めた。

「ん……っ、あぁ、あ」

誘い出された舌を吸われ、優しく噛まれて甘ったるい喘ぎが洩れる。その自分の声と、ふたり分の唾液が立てるぴちゃぴちゃという音を聞き頭の中が熱くなった。差し出された彼の舌を同じように吸いそっと瞼を上げたら、満足したのか彼が笑みの形に目を細めるのが見えた。

また唇を合わせられ、生ぬるい唾液を流し込まれて他にはどうにもできず飲み込んだ。自分の喉が鳴る音にもますますの興奮を覚える。いま自分におのが味を覚え込ませようとしているのは、元王子様でも反逆軍のリーダーでもなくて、ただのひとりの男だ。次第に熱を帯びる彼の眼差しにそんなことを感じた。

ここにいるのはレイシュアという生身の人間であり、自分だって同じだろう。立場だとか、王族と『グラヴィ』という関係であるとか、そうしたものはもう互いに忘れている。

長いキスを解いてからレイシュアは、軽く息を乱している和以を再度間近に、真っ直ぐに見つめた。

「セックスをしないか。このまま、いまここで」

濡れた唇に吐息のかかる距離で問われ、身体の中に芽吹いていた欲情がはっきりと形をなすのがわかった。まだ冷静ではある、とはいえ青い瞳に確かに揺らめく熱が認められたので、そのセリフが揶《や》揄《ゆ》でも冗談でもない、また彼がそこに逃げるつもりもないことは把握できた。そもそもレイシュアはそうした器用な、あるいは狡い真似ができるような男ではないのだ。

「……おれは男だ。いいのか」

掠れた声で問い返すと、彼は実にあっさりとした調子で「関係ないだろう」と答えた。和以が過去に男と肉体関係にあったことを知っているからだとは思う。

「……昨日汲み水で身体を拭いただけだ。汚いかも」

「関係ないだろう」

小さな声で続けたセリフを同じ言葉で遮り、レイシュアはさらに身を屈め和以の耳もとで低く囁いた。

「私はおまえを抱きたい。おまえは？　いやならばいやと言ってくれ」

吹き込まれる声に身体の芯がぞくぞくした。この男は間違いなく本気だ、本気で自分と肌を重ねたいと願っているのだと、ごまかしようもない正直なセリフに改めて思い知らされる。

明日の争いを前にして彼は無意識にも高ぶっており、ゆえに本能的に誰かを貪らないと収まらないのか。あるいは、先に言った通り単純に自分に惹かれているのかもしれないからこそ欲しいと感じているのか。どちらもか？

大きく息を吸い、吐いて、それを何度かくり返してから「おれも君に抱かれたい」と答えた。彼同様、一度口に出してしまえばごまかせない言葉を選んだのは、自分もまた本気であることを示すためだ。

抱かれたい。抱きあいたい。この男が欲しい。彼の瞳が映している欲望の炎が、なにによって生じたものであれ構いはしない。

彼に惹かれているのだろう、という先ほど感じた思いは確信に変わっていた。だろう、ではない、惹かれている。川辺でキスをされたときも、レイシュアに好意を、ではなく恋情を抱きはじめているのだろうかなんて考えたが、あれだってそう曖昧なものではないのだ。

もはや自分ははっきりと彼に、逃れも言い訳もできないほどの、恋をしている。

雑でも乱暴でもないにせよ、レイシュアらしくもない逸る手でやや強引に、首から下げたサファイアを残しすべての服を脱がされた。最初にスーツを引きはがされそうになったときと同じようでいてまったく違う、情に突き動かされている手つきだと思う。

本能的な欲情なのか恋情なのかは知れないが、いずれにせよ心や感情を失っていた男が確かにこの夜に宿した情だ。ならばいま彼にあるのがどちらであれ構わない。

レイシュアはずいぶんと行為に慣れている様子だった。城で暮らしていたときに誰かと恋仲にあったのかもしれない。そんな嫉妬めいた考えは、彼の手が肌に這いはじめてすぐに頭から消えた。自分だって卓也と数え切れないほど寝たのだから慣れているはずなのに、彼とのセックスはまるで知らないものに感じられた。それはあの男とは異なり彼に和以への情があるからなのだろう。

「もう……。はぁっ、レイシュア、も、いい」

首筋から太腿《ふともも》、膝まで撫で回されて、身体にはあっというまに火がついた。あたたかいてのひらや指先でただ肌を擦られているだけなのに、ここまでの快感を覚える自分が少々怖くなる。

勝手に呼吸が乱れはじめたころ、触れられる前から尖《とが》っていた乳首を強く吸いあげられて、抑え切れず高い声を上げた。

「あっ！　は……、もう、いいから……っ。あぁ」

もういい、とくり返してもレイシュアはなかなか唇を離してくれなかった。丁寧に舐めては歯を立て、和以が痛みを覚える前にまた優しく舌を這わせて、そんな念入りな愛撫《あいぶ》にじわじわと快楽が増し汗が滲んでくる。

「レイシュア、そこ、いいから……、はや、く」

肌をくすぐる髪を引っぱって乞うと、レイシュアはようやく顔を上げた。彼の形よい唇が濡れているのを見て、いまさらのように自分たちがセックスをしているのだと改めて思い知らされ顔が熱くなる。きっと真っ赤になっているのだろう。

「早く?」

本気でわかっていないのか相手に言わせたいだけなのか判断のつかない調子で問われて、我知らず顔が歪んだ。焦れったい。この男のことだから単に前者なのかもしれないが、だとしたらなおのこと言葉にしなければ延々そこばかり責め続けられそうだ。

「いれ、て、くれよ……。君の、おれに、入れて」

恥ずかしさはのみ込んでなんとか口に出したら、「どこに」とまた訊ねられた。違うか、これは後者だ。ならばもうためらう必要もないかと、自ら脚を開き両手で押さえ「ここに」と消え入りそうな声で言う。途端に、のみ込んだはずの羞恥がぱっと全身に広がってみっともなく唇が引きつった。

その和以を可哀想に思ったのか単に満足したのか、レイシュアはそれ以上は焦らさなかった。いったんベッドを下りて自身も服を脱ぎ、棚の中から小さなガラス瓶を掴み出して和以のもとに戻る。

彼は瓶から右手にとろりとした液体をたらし、べったりと和以の尻に塗りつけた。感触からしてオイルだろう、ふわりと微かにティートリーの香りが漂う。

マルコットの傷の手当てに使ったオイルと同じものか、などと考えていられたのは、ほんの僅かなあいだだった。

「ああ……っ、まっ、て、あ……！」

ぬるぬると探ってからすぐに指先を挿し入れられて、意図せぬ声が洩れた。慣れた場所は痛みを感じることはなかったが、それなりの違和感を覚えてつい身体を強ばらせる。

ぎゅっと閉じた入り口を宥《なだ》めるように内側から解《ほぐ》しつつ、いやに穏やかにレイシュアが声をかけてきた。

「早く入れてほしいんだろう？　痛いのか？　痛いならそう言えばいい、おまえに苦痛を与えないよう努める」

「はぁ、そ、じゃない……、痛く、ない。気持ちいい……。ただ少し、びっくり、しただけ」

そんなふうに優しく問われては嘘もつけず、乱れた呼吸のまま正直に答えた。気持ちいい、という和以のひと言に頷き、「ではそのまま大人しくしていてくれ」と告げてレイシュアはじわりと指を奥へと進めた。

「あ……！　な、か、まだ……、君の指、に、慣れてない、から……っ」

「慣らしているんだ。おまえが入れてほしいと言ってくれるのなら、私もここに入れたい」

「はぁっ、そんな、に、しないで……。気持ちが、いい、よすぎる、駄目だ……、広が、る」

「だから、入るように広げているんだ」

無理をされているとは思わなかった。それでも彼はそこそこ強気だった。何度か指を抜いてオイルを足しながら中をまさぐり塗りつける、頃合いを見て指を増やし出し入れする、その動きがもたらす過去に知らないような快楽に喘ぐ声を抑えることができない。

いつのまにか瞑《つぶ》っていた目をなんとか開けてレイシュアを見ると、真っ直ぐな視線を返された。そこにある情の種類はまだはっきりとは読み取れなかったが、彼が確かに欲望を覚えているのは伝わってきたのでほっとした、と同時に全身が痺れるようなよろこびに囚われた。

自分が彼を欲しているのと同様に、彼も自分を欲している。欲してくれている。

「も、入る……っ。あぁ、レイシュア、入れて……、早く、いれ、て、くれよ……っ」

時間をかけて開かれ充分に蕩《とろ》け切っても、彼がなかなか指を抜こうとしなかったので、言葉にして求めた。和以に苦痛を与えないよう念入りに準備をしているのだということはわかった、とはいえそういつまでも待っていられない。指だけで達してしまいそうだった。

レイシュアは和以のセリフを聞いて、微かに笑った。優しくというのではない、どこか野性じみたオスの笑みだ。常に淡々としている彼でもこんな顔をするのかと意外に思い、それから、その表情にあおられるように身体の深くが疼《うず》いた。

ようやく指を抜いたレイシュアは、オイルで濡れた手を雑に自身の肌で拭き体勢を整えた。自分で押さえていた脚の片方を彼の肩に抱えられ、すっかり開いている場所に性器を押しつけられて、自ら要求したとはいえさすがに緊張する。

それを知ってか知らずか、レイシュアは僅かに熱を孕《はら》む声色で問うた。

「入れたい。入れていいか」

「……いい。早く、入れて」

ここで相手の意思を確認するのは彼らしいなと思いながら、何度か頷いて答えた。そんな声でこうもストレートに求められたら、回りくどい文句を口に出すこともできなくなる。

レイシュアは、和以が深呼吸をしてなんとか身体の強ばりを逃がした次の瞬間に押し入ってきた。慎重ではあったのだろうが、張り出した先端は想像以上に太く、また硬くて、思わず悲鳴のような声を上げる。

「あ……ッ！　うあ、あ……、あ！」

そのままじりじりと腰を進められ、もう意味のある言葉も紡げなくなった。内側を彼の形に広げられていく快感は信じられないほどに強く、目を開けていることもできない。

「は、ああッ、お、く、や……ッ！」

最後に、やや強引にぐっと根元まで突き立てられ、びくりと身体が跳ねた。経験のない場所まで侵入される衝撃にたまらないよろこびと少しの怖さを感じる。

こんなにも誰かを受け入れてしまっていいのか。肉体のみならず心の中にまで彼をのみ込まされているような気がする。しかしその微かな怯えは、優しく腰のあたりを撫でられただけでどこかへ消えた。

　きっとそう簡単に許してはならない深さなのだろう、もしかしたら壊れてしまうかもしれない。それでも、相手がこの男であるのならば、嬉しい。

「動いても？」

　和以がなじむまでいくらかの間を置いてから、レイシュアが短くそう訊ねた。いまさらいやだとも言えずぎゅっと目を瞑ったまま小さく頷いて返すと、彼はゆっくりと腰を使いはじめた。

「あぁ……、は、あ、中……、気持ち、いい」

　いっときの衝撃が去れば、ずっぷりと埋め込まれた性器でゆるゆると内側を擦られるのは快楽以外の何物でもなかった。身体が溶けてしまいそうな感覚に酔いつつ、両手でシーツをぎゅっと握りしめて素直にそれを喘ぐ声にすると、応えるようにレイシュアが、は、と微かな吐息を洩らすのが聞こえてきた。笑ったのか単に彼も気持ちがよかったのかは目を閉じていたのでわからない。

　はじめは緩やかだった彼の律動は、徐々に慣れていく和以の反応に合わせ次第に激しくなった。たっぷりと塗り込められたオイルが掻き回されぐちゅぐちゅといやらしい音を立てる。中を貫かれる快感のみならずその音にさえ苦しいくらいに興奮した。

「はぁっ、あ、駄目、だ……。レイシュア、止めて、くれ、少し」

　しばらくのあいだ強く、重く突きあげられているうちに、身体が小刻みに震えはじめた。抱えられた脚のつま先やシーツを摑む指先から絶頂の予感が押し寄せてくる。

「ふ、う、あぁ……っ、だ、め、いきそ、う……。待って……っ」

途切れ途切れに言葉にしても、レイシュアは聞き入れてはくれなかった。普段であれば和以が乞えば従うのだろうが、ベッドの上ではそうはしないらしい。あるいは、いくらかは残る理性の裏に隠れた、やめないで、という和以のあさましい欲望を、高揚を示す身体から彼は見て取ったのかもしれない。

「いきそうならばいけばいいだろう？」

「や……っ。すごく、気持ちいい、から……っ、多分、これ、駄目だ。駄目、な、やつ……！」

「カズイ。いけ」

「ひ、あぁ！　も……ッ、あ……ッ！」

促すように奥を抉られ、堪《こら》えようとする前にすぐそこまで迫っていた恍惚《こうこつ》の波が弾けた。いつもとは違う悦楽でびくびくと派手に身体が跳ねる。こんな感覚は知らない、なにが起こっている？　真っ白になりそうな頭の中に生まれた狼狽は、レイシュアにこう告げられて否定もできない興奮に変化した。

「そうか。いっても出せないほど気持ちがいいのか、カズイ」

彼のセリフに自分が射精もできないまま達してしまったのだと自覚した。セックスに慣れていないわけではないのに、過去にそんな経験はない。この行為は自分にとってははじめて味わうものなのだ、卓也と交わしたセックスとは違いレイシュアに確かな情があるからこそだ、先にも考えたことを思考も薄れはじめた頭でまた思った。

「あぁ……、駄目、こんな、の……っ。は、あ、いっか、い、抜いて」

かたかたと全身を戦慄《わなな》かせながら、こうも大きな愉悦は受け止め切れないのだ、だから一度落ち着かせてほしいという意味になるよう言葉足らずながらも必死に訴えた。欲望を解放できないせいなのか、身体の中に渦巻く苦しいほどの快感がまったく去ってくれない。

深く埋め込んだままいったんは動きを止め様子を見ていたらしいレイシュアは、しかし和以の震えが収まるのは待たず、さほどの間を空けずにまた腰を使いはじめた。和以の要求はちっとも伝わっていない、あるいは伝わったのだとしても彼は聞かないつもりのようだ。

「んぅ、や……っ、あ、ま、て……っ、おれ、まだ、いってる、から……っ」

痙攣《けいれん》し彼を締めつけている内側を容赦なく擦りあげられる刺激に、泣き声のような喘ぎが洩れた。

「そうだな。おまえの中が震えていて気持ちがいい。出せないのならそのまま、何回でもいけばいいだろう」

「あっ、あ……!　無理だ、やめ、て……っ、いく、の、止まらない」

「それでいい」

特に遠慮もないように揺さぶられ、もう悲鳴さえ上げられなくなった。唇から勝手に零れるのはろくに音にもならない掠れた声だけで、やめてくれと言おうにも喉が引きつり叶わない。

何回でもいけばいいと彼が告げた通り、幾度も幾度も絶頂の波にのまれた。涙がこめかみを伝い落ちていくのを感じ、それでようやく自分が泣いているのだと知る。みっともないから止めたいとは思うのに、これ以上なく敏感になっている身体の中を掻き回される快楽に翻弄されて、止めるどころか涙はますますあふれ出し肌を濡らした。

「はぁ、ああ……、もう、無理……、も、や……っ」

途中からは突かれるごとに達しているような感覚に囚われ、もうどれだけ揺さぶられているのか時間の経過がわからなくなった。絶え間なく襲いくる悦楽は痛いくらいで、いくら息を吸っても肺が充たない感じがする。

「おれ、おかしく、なる……っ。苦し、い。助け、て、君も、いって……！」

握りしめていたシーツを離して手を伸ばし、レイシュアの肌を力なく引っ掻きながらなんとか言うと、応えるように腹のあたりを撫でられた。その手つきがいやに優しかったものだから、そこに彼が入っているのだという認識にぞくりとすると同時に、実態のないはずの心をぎゅっと摑まれたみたいに余計息苦しくなった。

「限界か？　カズイ、中に出しても？」

「中……、な、かに、出して、くれ……っ」

卓也が相手のときには拒否してきた問いにそう答えたのは、その息苦しさのせいだろう。すでに半ば飛んでいた理性は完全に掻き消え、この男のすべてをのみ込みたいという願いに取ってかわられる。

和以の返事に満足したのか、レイシュアがふっと笑う気配を感じた。脚を抱え直されてつい身構えると、低い声で「ではおまえも出せ」と告げられ、それまで触れられていなかった性器を緩く掴まれる。

「あ……っ、あ、はぁっ、や……っ、い、く、も……っ、あ……！」

性器を擦られながら激しく穿《うが》たれて、彼が達するまでは堪えようなどと考える余裕もなく欲を放った。それまで愉悦に溺れ続けていた身体が意思を無視して勝手に極めたような感覚だった。

ようやく解放を許された恍惚に意識が霞《かす》む。気持ちがいい、なんて表現では到底足りないくらいに気持ちがいい。鮮烈なまでの快楽にのみ込まれて瞼の裏が真っ白になった。

レイシュアは、がくがくと身を震わせる和以に少し遅れ、最後に数度奥を突きあげ射精した。深い場所へどくどくと精液を注がれるはじめての体感に陶酔を覚える。ああ、この男が自分の中で出している、この身体で得た快感の証を放っている、ほとんど思考を手放している頭で単純にそんなことを考えたまらないよろこびを感じた。

根元まで貫いたまま腰を使い欲を出し切ってから、レイシュアはようやく性器を抜いた。抱えられていた足を離され、それと同時にどろりと精液があふれ出る感触につい息を詰めていると、すぐに唇を塞がれた。

浅く舌を挿し入れられてそっと瞼を上げたら、レイシュアに見つめ返された。涙でぼやける視界でも、彼がひどく穏やかな目をしていることはわかった。

視線を絡めあわせながら甘ったるい事後のキスに酔った。ずっと喘ぎ続けて渇いた唇で彼の舌から唾液を啜《すす》り、緩やかに落ち着いていく興奮にかわり身体に充ちていく安堵を味わう。

セックスとはこういうものだったのか。自分はこの男とセックスをしたのか。優しく肌を撫でてくれる彼の手のあたたかさに、いまさらのようにそう実感した。

計算しかない男に抱かれる快感なんて、いま思えば薄っぺらいものだった。嘘のつけない唇で惹かれているのかもしれないと言った男が、その熱で教えてくれたよろこびにもまた嘘はない。

好きだ。どうしようもないくらいにレイシュアが好きだ。頭で、というよりも心で、改めてそんな思いを噛みしめた。


「愛情の持つ美しさだ」

ふたり分の身体を拭き、汚れた布を部屋の隅にある籠に放り込んだあと、裸のまま和以の隣に横たわったレイシュアが静かに告げた。

「私がおまえに触れているあいだ、ずっと仄かな光を放っていた。この石はおまえの心そのものだ。美しいな」

意味がわからず隣に目をやったら、レイシュアは、和以の肌からシーツに滑り落ちていたサファイアを眺めていた。つられて視線を向けたペンダントはもう彼の言うように光ってはいなかったが、確かにいつもより深く美しい青に染まっている。

　ペンダントからレイシュアに目を移すと、まるでサファイアの色をそのまま映したかのごとき青く澄んだ瞳に見つめ返されたので、少しどきりとした。

「『グラヴィ』が王族に与えられる力がどういったものであるのか、また、なぜおまえが『グラヴィ』に選ばれこの世界を訪れたのか、段々とわかってきたような気がする。そして私に不足しているものがなんであったのかも、きっと理解した」

　囁く声で続けたレイシュアの手が伸びてきて髪を撫でられた。くすぐったい。ひんやりと硬質な印象をまとう、ひとの心を察するのが苦手な反逆者でも、セックスのあとにはこんなふうに相手を優しく扱うのかと意外に感じる。

　それから、そうではないか、と考え直した。ぶっきらぼうで素っ気ない言葉や態度はどうあれ、この男ははじめから、実は優しかったのだと思う。

　洞窟へ来た翌日、おそらく彼は、誰も信じられなくなったし居場所もなくなったと言った和以を、そんな必要もないだろうに仲間全員に引きあわせ輪の中へ入れようとしてくれたのではないか。和以の居場所を作ろうとした。また、和以が沈んだ顔をしていれば森の中へ連れ出し、川辺で話を聞いてくれた。そして笑顔を思い出させてくれた。

　感情をどこかへ取り落としてしまったのだとしても彼は、元来の優しさまでは失っていなかったのだろう。レイシュアを長とする仲間もそんな部分に気づいているからこそ、彼を尊重し、信じ、そばにいるのかもしれない。多分レイシュア様は本来すごく心優しいひとですよ、キースが言ったそんなセリフを覚えている。

「おまえのおかげで私は、しばらく忘れていた愛の美しさや強さを思い出した。ありがとう」

髪を梳《す》かれながらそう告げられて、過去には覚えた経験がないほどの熱い感情がこみあげてくるのを自覚し、僅かに戸惑った。これが本物の愛情というものなのか、計算も打算もなく互いに向かいあいはじめて生まれる愛おしさか。だとしたら確かにいままで知らなかったものだと声には出さずに考える。

「我々の行動はただオズウェルドを殺すためのものではなく、愛をもってルトナークをよき国にするためのものだ。国は民のためにある、だからこそ王と民はともにあるべきだ、城を出た当時の私はそう考えていた。あのころの感情を私はこの胸に取り戻せたと思う」

「……君が、忘れていた心を取り戻し、いま愛を強く美しいと感じられるなら嬉しいよ」

「この思いは私にとって強い力となるだろう。おまえがもたらしたものだ、ありがとう」

ありがとうとくり返されて胸がいっぱいになり、声も出せないまま黙ってひとつ頷いた。自分は他者に武力だとか統率力だとかの具体的な力を与えられるわけではない。しかし彼に、そうした力は心があってはじめて真価を発揮するのだと気づかせることはできる。そして自分とともにあることで彼が心を取り戻したというのなら、死神に手招きされていたあの世界から彼のいるこの世界へ来てよかったといっていいのだろう。

レイシュアは頷く和以を見つめて、ふっと微笑んだ。彼の笑みは幾度か目にしていたが、いま彼が浮かべている表情はそれらに増してあたたかなものであるように感じられた。だからこそ彼が、言葉通り愛の持つ美しさや強さを思い出した、感情を胸に取り戻せたのだと確かにわかった。

この男は失っていた心をようやくその手に掴んだのだ。オズウェルドと向きあうには今少し力が足りない、抱きあう前にそう呟いて両手を天井へ伸ばした彼は、おのが胸の奥深くに沈んでいた真の目的を、愛をもって行使すべき力を握りしめ、もう足りないとは思わないはずだ。

私に不足しているものがなんであったのかも、きっと理解した。彼が先に告げたその言葉の意味は、自身には思いの強さが足りなかった、しかし現在はそれを理解し手に入れたということだ。そして彼が得た強い思いには愛という名がついている。

国を、ひとを愛する気持ちを心に抱きオズウェルドの前に立つレイシュアは、いままでの彼が持ちえなかった力を身に宿しているに違いない。

「……力を蓄えるんじゃないのか？　さっき君がそう言ったんだろ。眠りなよ」

彼のてのひらが今度は腰に伸びてきていやに性的に撫でられたので、軽く叩いて追い払った。確かにまだ欲はあった、とはいえ、睡眠を取り食事もとり万全の状態で明日を迎えるのが役割であるリーダーから、これ以上睡眠時間を奪うわけにもいかない。

「おまえと交わり力が湧いた」

「寝不足でふらふらしてたらエルにひっぱたかれるぞ。ほら」

ふざけているのか本気なのかわからないセリフを口に出す彼に、落ちていた掛け布団を拾って無理やりかぶせた。レイシュアはまだなにか言いたげに和以を見ていたが、丁寧に髪を撫でてやると諦めたのか素直に目を閉じた。

少しして静かな寝息が聞こえてきたのでほっとした。自分も彼と同じ掛け布団に潜り込み瞼を下ろす。

触れあう肌の温度に酔ったのか、隣で眠る男をひどく愛おしく感じた。

少なくとも自分は彼に恋をしている、これは揺るがない確信だ。しかし互いに思いをはっきりとした言葉にしたわけではない。抱きたい、抱かれたい、そんな欲望を声にして身体をつなげただけであり、聞いたとして惹かれているのかもしれないなんて不確実なひと言くらいだ。

それでも、絡めた舌やこの身を貫く熱から彼の情は伝わってきた。そして彼は嘘をつけない唇で、愛の美しさや強さを思い出した、ありがとうと告げ、あたたかく微笑みもした。

自分は彼に愛情あってこその力をもたらすことができたのではないか。『グラヴィ』としてレイシュアに力を与えたい、その願いはきっといま叶いつつある。ならばこれ以上、なにが欲しいというのだろう。

翌日、各々昼食をとってから集まるようにとのレイシュアの指示を受け、昨夕同様みなで広間に集合した。そのころには、キースをはじめとし、協力者のもとへ兵を借り受けに出ていたものたちも戻っていた。

助っ人として反逆軍へやってきた兵士の数は想定通り五、六十ほどで、いまは森のすぐ外にある、いつも馬を借りる一協力者の屋敷に待たせてあるという。なお策の概要はすでにキースから伝えてあるそうだ。

最後の作戦会議に集まった仲間はみな決意を宿した頼もしい顔つきをしていた。このときのためにレイシュアについてきたのだから当然か。失敗は許されない戦闘を前にしても彼らの表情には怯みも怖気《おじけ》もなかった。

「私とともに城へ忍び込む潜入班はまず侵入経路を通り地下書庫へ出る。そこから玉座の間まではこのルートを使う。陽動班としてエルが正面から乗り込めば、オズウェルドは王として必ず玉座の間で待つ。あの男の性格だから逃げ隠れはしないだろう」

レイシュアは昨夕と同じく和以を隣に座らせ、広間の中央に地図を広げて具体的な作戦を説明した。昨日森で捕らえた三人の兵士が、見張りの置かれているポイントや玉座の間までの道筋といった城内の様子を書き込んだものだ。

「兵士の配置はこの丸印、数は多くないがひとりでも騒ぎ出せば敵が集まる。よって殺さずとも確実に黙らせて進む必要がある。陽動班は城下町を通って城正面の門へ向かうのがいいだろう。そちらの細かい策はエルに任せる。行動を開始するのは夜だ、それまでに各班で最終確認をしてくれ」

「承知しました。お任せください」

リーダーから名を呼ばれた参謀は顔を上げてにっこりと笑った。常と変わらぬ彼の態度は確固たる自信と冷静さをうかがわせるもので、ひどく心強く感じられた。

持ち出す武器や道具、いざというときの連絡手段等、エルの意見を聞きながらさらに詳細な指示を出したあと、みなが散る前にレイシュアは最後にこう言った。

「我々が意志を貫きこの戦いを終えれば国は変わる。国民が自由に意見し長がそれを聞き入れ対話する風通しのよい国、それが私の理想とするルトナークだ。民と王、両者が敬意と愛をもって互いを重んじ成長していける環境を取り戻すべく、我々は剣を取る」

地図に目を落としていた仲間がそろってその言葉にはっと顔を上げた。一様に昨日に増して驚いた顔をしているのは、ここしばらくレイシュアからそんなセリフを聞いていなかったからだろう。賛同しているし信じている、いってしまえば惚れているリーダーが、明らかに変化したことを感じびっくりしたようだ。エルすらもらしくもなく目を丸くしている。

「最近の私はおまえたちを不安にさせていたのかもしれない。であれば謝罪する。私は感情を忘れていた。理想の国がどういったものであるか、頭では理解していても心には描いていなかった。しかしいまは違う」

レイシュアは二十人の仲間ひとりひとりの顔に順に視線を向け、はっきりとした声で続けた。

「いまの私の目には、明確にあるべきルトナークの姿が見えている。頭の中にあるだけでなく心に描いている。ともにそれを現実にしよう」

幾ばくかの間のあと、みなが口々に、はい、と力強く返事をし、また何度も頷いた。驚きののちに彼らは嬉しさを感じたに違いない。だからこそ、この男についていこう、この男のために尽くそう、その決意を改めて心に刻んだのだと思う。

そしてそれは和以も同様だった。レイシュアは元来こうした真っ直ぐで正直な男であり、そしていまは確かに熱い志を胸に宿したひと筋の希望だ。彼ならば本当に国を変えられる、理想の国を作ってくれる。仲間を前に頼もしくも清廉な言葉を紡いだ現在のレイシュアはそう確信するに足る姿をしている。

昨夜ベッドで彼は、我々の行動はただオズウェルドを殺すためのものではなく、愛をもってルトナークをよき国にするためのものだと言った。そしてこう続けた。

――国は民のためにある、だからこそ王と民はともにあるべきだ、城を出た当時の私はそう考えていた。あのころの感情を私はこの胸に取り戻せたと思う。

愛の美しさや強さを改めて知ったレイシュアは、蘇った心の中に確かな理想を描いた。その姿を彼なりに整理して和以のみでなくみなに伝えたのだ。志を語りそれを共有すべきだと考えた。ならば彼の願いは力強く頷いた仲間の、そして和以の願いでもある。

この世界を訪れたあの日に見た、オズウェルドの兵士たちに見張られうつむく生気のない人々の姿を思い出した。まるで現実世界で絶望していた自分のようだ、そんなふうに感じた。

なにも信じられない、希望もない、居場所すらもない。あんな思いをするものがいてはならない。誰にも、これ以上味わわせていたくはない。

作戦会議後レイシュアは、キースやニコラを連れ森の外で待っている兵士のもとへと向かった。いってしまえば急ごしらえの軍であるから、リーダーとして実際に彼らに顔を見せ、意思を確認するためらしい。

「カズイ。昨夜レイシュア様となにかありましたか？」

他の仲間も各々準備に取りかかるため広間から出ていき、部屋に残るのは和以とエルのみとなったところで、そう声をかけられた。レイシュアの変化をその目で認めたエルならば訊いてくるのだろうなとひそかに考えてはいたが、やはり言及するかと少々焦る。

さてどう説明すべきか。どこまで明かせばいいのか？　昨夜の行為を思い出し頬を熱くしながら口ごもっていると、察したのかエルがさらりと「十の間の扉が厚くてよかったですね」と言って笑った。直接的ではないにせよ充分露骨な表現だと思う。

ごまかせばいいのか笑い飛ばせばいいのかわからず目を泳がせている和以に、しかしエルはそれ以上は追及せずこう告げた。

「あなたの役割はあるいは王族に、優しさや愛情といったあたたかな感情を取り戻させるものなのかもしれません」

思いがけないセリフについまじまじとエルを見つめたら、彼は穏やかに笑ってから「少しむかしの話をしましょう」と前置きをして、簡単に王族の過去を説明しはじめた。和以には、というより『グラヴィ』には、この国が辿ってきた軌跡をきちんと教えておいたほうがよいと判断したらしい。

彼によるとオズウェルドは以前は優しく穏やかで人々に慕われる王だったが、四年ほど前をさかいに冷酷な暴君に変わってしまったのだそうだ。権力という名の魔物に取りつかれてしまったように見えたという。そういえばレイシュアもいつか似たことを言っていたと思い出した。

レイシュアは聡明で優しい男だったので兄の横暴を見過ごせず苦言を呈し、危うく殺されそうになって城を出た。そして、首に賞金をかけられても、機会を待って再度兄と話しあいを持ち、国を清らかなものに立て直そうと考えつつ逃げ回っていた。

しかしいつしかその考えは、兄を亡きものにしなければならないという強い殺意に変わった。

「あのひとは、自らと仲間を守ろう、これ以上犠牲を出すまいと必死になっているうちにあたたかな心を忘れてしまったのでしょう。オズウェルドを殺す、その執念のみに囚われている様子でした。ひとが変わったとまではいわずとも、やわらかな感情を削られ続け、彼は冷たく硬い石のようになってしまった。私にはそう見えていました」

つい少し眉をひそめてから、理解したと示すためにひとつ頷いてみせた。エルの言い分はずいぶんと遠慮のないものだ。しかし、ずっとそばにいた彼の言うことならば確かなのだろうし、レイシュアを指して冷たく硬い石というのなら、なにより自分もはじめのころは同様に感じていた。

「ですがいまのレイシュア様は、城を出た当時の優しく凜《りん》とした男に戻ったように見えます」

そう続けたエルの表情が常より晴れ晴れとしていたのは、自分の勘違いではないと思う。

「あなたのおかげなのでしょう、カズイ。ありがとうございます。おのが決意を必ず成し遂げてくれると信じ、仲間として彼についてきた我々の判断に間違いはありません。尊い志と愛情を心に取り戻したレイシュア様は、誰よりも、オズウェルドよりも強いです」

「……おれはレイシュアにちゃんと力を与えられたんでしょうか？」

エルの目にはどう映っているのかとおそるおそる問うと、彼は見たこともないほど華やかに笑って「ええ」と答えた。

「愛あってこそ力は発揮されるんです。そしてレイシュア様はあなたから愛の強さを教わった。愛情なき力ではひとを束ねることはできません。ひとの心を打つこともありません。オズウェルドのような、そうした無慈悲な力はいつか枯れます、本物の力ではありません」

「……そうですね」

「あなたが『グラヴィ』としてルトナークに現れた理由がわかる気がします」

昨夜レイシュアから言われたのと同じようなセリフを聞かされどきりとし、エルを見つめる目を瞬かせた。エルはその和以に再度笑いかけ、優しく、と同時にきっぱりとした口調でこう告げた。

「あなたは、慈愛や優しさといったあたたかな思いを抱き、はじめて得られる力があると彼に伝えてくれたのでしょう。紛れもなくあなたは王族に力をもたらす『グラヴィ』です」

いよいよ作戦を行動に移す時間が訪れた。エルは兵士を率いてすでに城下町へ向かっていたので、森に残るのはレイシュアと和以、それからキース、ランドニーとエイドリー、ニコラだけだ。

普段は護身用のダガーのみを身につけているレイシュアは、城内での争いを想定してか洞窟からサーベルを持ち出した。はじめて和以がこの世界に来た日、『グラヴィ』を奪うために城へ押し入った彼が手にしていたものと同じ剣だ。他のものはしっかりとした革鎧を着ていたが、彼が身につけた防具はあのときと等しくあっさりとした胸当てだけで、余程腕に自信があるのだなと妙に感心する。

反逆軍が密かに用意していた侵入経路の入り口は、洞窟と同様に木や草で隠した扉で塞がれていた。そこになにかある、と知らなければ誰かが通ったところで気づくまいし、万が一存在を疑われたとしても見つけることは不可能だろう。

扉を開けた内部には階段があり、その先はトンネルになっていた。身を屈めればなんとか通れる程度の狭い通路だが、キースがいつか言っていたように石で周囲を固めてあるため頑丈そうではある。

レイシュアもキースたちもほとんど無言で動いた。なので和以もそれにならった。アジトをあとにする際に綿密に計画を練ったのは、無駄に喋ることなく事を運ぶためだ。城の兵に気づかれぬよう侵入するのだから、しんと静まり返った夜に声を発するのは、いくら誰も聞いていないだろう場所だからとはいえ望ましくない。

ランタンを手にしたキースを先頭に、レイシュア、和以、ランドニーたちの順でトンネルを進んだ。突き当たりにある石壁をキースが器用に音もなく崩すと、すっと気配が変わった。

破った壁の向こうはきっちりと整えられた石造りの細い通路になっている。これがレイシュアが幼いころに遊んだ通気口であるらしい。つまりは城内に入ったということだ。

トンネルと同様静かに通気口を進むと、しばらくして金属製の格子が見えてきた。これもまたキースが持参した道具でそっと外し、音を立てないよう抱えたままその先にある部屋に飛び下りる。小回りがきくので役に立つと潜入班の面子に彼を選んだのは正しい判断だったようだ。

キースに続いたレイシュアに助けられおっかなびっくり飛び下りた部屋は、聞かされていたように書物が並ぶ書庫だった。夜はひとけがないと昨日捕らえた兵士が言っていた通り、蠟燭がふたつ三つ灯っているだけで薄暗い部屋には、侵入した六人以外は誰もいない。

そこからはキースにかわりニコラが先頭に立って動いた。班の中で最も腕っ節が強いからということらしい。確かにいつも武器庫で剣や鎧の手入れをしている彼は、ひときわ逞しい身体つきをしている。

そっと書庫の扉を開け一度振り向き、レイシュアが頷くのを待ってからニコラは足音を消し部屋を出た。ここからの道筋も見張りの配置も事前に地図で確認しているので、彼の足取りに迷いはなかった。

　城の兵士は教えられたポイントに立っているのみで、想定外の場所には姿を見なかった。和以を襲った三人はなにひとつ嘘をついていなかったようだ。

　オズウェルドの兵とはいえ自らの意思で仕えているわけではない、というより恐怖でもって従わされているだけの様子だったから、あのときも思ったように彼らもまたレイシュアに希望を見出《みいだ》したに違いない。だからこそ、せめてと偽りない事実を語ったのだろう。

　見張りの兵士を順に片づけていくレイシュア勢の動きには無駄がなかった。オズウェルド以外のものはなるべく殺さないようにと洞窟でレイシュアが指示した通り、まずニコラが兵に後ろから音もなく近づいて首筋を殴打し、意識を失い倒れたところをランドニーとエイドリーがロープで拘束して猿轡《さるぐつわ》を嚙ませる、その間キースが周囲を見張るといった血を見ぬ作業がくり返される。

　映画のようになめらかに事が進んでいく様子に、はらはらしていた気持ちが少し落ち着いた。これが、洞窟では一緒に料理をしたり掃除をしたりと穏やかにすごしていた彼らの本来の姿であり、レイシュアが率いる反逆軍は違わず兵士の集まりなのだと改めて思い知らされる。

　潜入班が着々と玉座の間へ向かうのに合わせ、城の表のほうが騒がしくなってきた。兵士たちの注意を引きつけるための陽動班は、エルの指揮下でうまく仕事をしているようだ。城のものたちはみなそちらへ向かったらしく、潜入班のルートは完全に手薄で、階段や廊下を進んでも知らされていた見張り以外の兵士の姿はなかった。

　玉座の間に続く階段へ辿りつくまでには、地下書庫に忍び込んでから一時間もかからなかったと思う。はじめてこの世界へやってきた日にも見た重々しげな階段が真っ直ぐ伸びるその両脇には、あのときもそうだったように兵士がふたり立っていた。

「……レイシュア様？」

　隠れる場所もないので不意打ちとはいかず、レイシュアとニコラが正面から静かに歩み寄ると、兵士のひとりが目を見張り小さくそう声に出した。表で騒ぎが起きていることは把握していてもまだ遠く離れており、よって身構えてはいなかったタイミングで予想外の場所から現れたレイシュアに、さすがに驚いたようだ。

　森で捕らえた三人の兵士と同じく彼もレイシュアに、様、と敬称をつけた。オズウェルドの兵とはいえ彼の中でもまた、レイシュアは城にいたときと変わらず王族のひとりと認識されているらしい。

　名を呼ばれてもレイシュアは言葉を発さなかった。自身は右へ、おまえは左へと指示するようにニコラに目配せし、足を止めず兵に素早く近寄って、彼らが半ば呆然《ぼうぜん》としている隙に手首を峰打ちしサーベルを取り落とさせて膝を蹴り払う。森の中で襲ってきた兵士にそうしたときと等しく、まったく躊躇のない手慣れた動きだった。一方の兵士を任されたニコラも同様だ。

　膝をつき呻いている兵士たちをこれまで通りランドニーとエイドリーが拘束し、猿轡を嚙ませた。それから廊下の奥までふたりを引きずっていき、突き当たりの扉の向こうに閉じ込める。ちらと覗いた部屋の中には箒や布切れがあったので、清掃道具等をしまう倉庫なのだと推測された。

ここまで来てしまえばあとは目の前に伸びる玉座の間への階段を上るのみだ。とはいえ下手に騒がれていまさら他の兵士が押し寄せてきたら面倒だということか。レイシュアは、陽動班が表で騒いでいるうちに、無駄に邪魔の入らない状況でオズウェルドと対峙したいのだと思う。

ルート上最後の見張りの兵士を片づけみながそばに戻ってから、レイシュアは階段の先にあるがっちりとした扉を見つめて、アジトを出て以降はじめて口を開いた。

「ニコラ、ランドニー、エイドリー、それからキース。おまえたちは表に回りエルの班に合流してくれ。いくら彼らが強いとはいえ兵の数が違いすぎる。さすがに手こずっているだろう」

「へ？　でもそれじゃあレイシュア様とカズイだけになりますよ」

「問題ない。相手がひとりふたりであったほうがオズウェルドは気を緩める。さあ、早くエルのもとへ行き助けてやってくれ」

レイシュアの指示にきょとんとしているキースの腕を掴み引っぱって、ニコラが一礼してから場をあとにした。ランドニーとエイドリーもニコラにならい無言で姿を消す。自身と『グラヴィ』のみで兄と話がしたい、レイシュアのそんな心中を彼らは汲み取ったのかもしれない。

そして、しんと静まり返る廊下に残るのは、レイシュアと和以のふたりだけとなった。

声は出さずにレイシュアに視線をやると、彼もまた和以に目を向けた。いつでも澄んでいる青い瞳は決意と覚悟できらめき、息をのむほど美しかった。

洞窟での作戦会議で、自分は『グラヴィ』としてレイシュアの力になれるかもしれない、だからともに行かせてほしいと頼んだ。レイシュアはその和以の主張を聞き入れ、決して私から離れるなと答えた。あのときの思いを彼は眼差しで確認しているのだということはわかった。

ならば意思が変わることはない。口をつぐんだまま大きくひとつ頷いてレイシュアを見つめたら、彼はそこでふと優しく目を細めて微笑んだ。

ふたり並んで階段を上り、彫刻の施された分厚い扉を開けた。その向こう、壁一面に深い赤色の布が張られた玉座の間には、高く脚を組んで中央の椅子に座るオズウェルド王と、金属鎧をまとった三人の護衛がいた。はじめてこの世界を訪れたあの日の光景と変わらない。

扉が開くのを待っていたかのように、護衛たちは即座にレイシュアに襲いかかろうとした。しかしオズウェルドがどこか面白がっているような声で「まあ待て」と止め彼らを背後に下がらせた。レイシュアと和以が扉を閉めてから、唇に冷たい笑みを浮かべこう続ける。

「弟と、武装もしていない『グラヴィ』だけでなにができるというのだ？　せめて最後に命乞いを聞いてやろう」

真っ白な服にマント、胸もとには赤い石、オズウェルドは、和以が彼の前に引きずり出された日に見た通りの姿をしており、防具を身につけてもいなかった。まさか自分が敗れることはないと確信しているからこそだろう。そしてまた、権力を手にするもののみが持つ雰囲気と鋭い目つきもあのときと同じだった。

傲慢な人物だ、初見でそう感じた。以降レイシュアたちからも幾度も聞かされた通り、この男は民を無慈悲な力で抑えつける暴君なのだ。目の前に立つものに恐怖心を与える、ひややかな空気を放つ彼の姿を見つめ、改めて肌でそう理解する。

少しのあいだ和以を眺めていたオズウェルドは、レイシュアに視線を移しこう訊ねた。

「レイシュアよ。『グラヴィ』の力は手に入れたのか？　私には、尻尾を巻いて城を逃げ出した二年前のおまえといまのおまえは、なんら変わっていないように見えるが」

「『グラヴィ』が、いや、カズイがもたらす力を得たのかという意味であれば、私は力を得た」

レイシュアはオズウェルドの問いをおのが言葉で上書きし答えた。

「ひとの上に立つものなら胸に愛と理想を抱け。私はカズイに出会い心を取り戻し、おのれに不足していたそうした思いを強固にした。愛情はなによりも強く美しく、理想を描く鍵になると同時にそれを現実にする力となる。私はカズイから愛情を教えられたことで大きな力を手に入れた。力は愛により生まれる。愛なき力は真の力ではない」

まったく迷いのない彼の発言に、驚く前に胸を打たれた。おまえのおかげで私は、しばらく忘れていた愛の美しさや強さを思い出した。昨夜囁かれたものと同じようでいて異なる、さらに力強いセリフだと思う。

愛あってこそ力は発揮されるんです。あなたは、慈愛や優しさといったあたたかな思いを抱き、はじめて得られる力があると彼に伝えてくれたのでしょう。そう言ったのはエルだった。彼らの告げた通り自分が、愛が生み出す強さがあるのだとレイシュアに伝えられたのであれば、それを彼が真っ直ぐな心で受け止めおのが力としてくれたのであれば嬉しい。

いまのレイシュアははじめて出会った二週間前の彼より強い。また、冷酷な権力で人々を支配するオズウェルドよりも強い。それは和以のみならずレイシュアの確信でもあるだろう。

自分はこの男に優しい心と、城を出た当時考えていたあるべき国の姿を思い出させることができた。彼はそのふたつを大切なものであると認識しておのが胸に抱き、確かな力に変えた。ならば自分が『グラヴィ』としてこの世界に呼び寄せられたことに意味はあったといっていいはずだ。

オズウェルドは、レイシュアの言葉を最後まで聞いてから「綺麗事を」と言い呆れたように鼻で笑った。

「というより世迷い言か？　愛情があろうがなかろうが力は力だ。そして力があれば何事もおのが思い通りにできる。誰の意思も命さえも自由に扱えるしいつでも奪える、それが権力というものだ。よい悪いではない。この手にあるか、ないかだ。心？　思い？　愛と理想？　それらは権力には関係しない」

王がなにを言いたいのかはわかる気がした。そのセリフは違わずオズウェルドがここまで歩んできた道で得た、彼にとっての真理なのだろう。誰にも間違っていると断じる権利はない。

しかし理解はできない、したくなかった。間違ってはいないのかもしれない、だとしても、だからこそ、それを絶対的な価値観としている人物に玉座は相応しくないと思う。

　レイシュアもまたオズウェルドの主張を黙って聞き、それから小さく溜息をついて告げた。

「おまえにはなにを言っても愛情の尊さが伝わらないようだ。当時あれだけ進言してもわからなかったのだから、やはり何度訴えても無駄か」

　そこで彼の手が動きサーベルを抜いたので、はっとして、護衛が動く前に咄嗟にその腕を両手で摑んだ。隣に立つ彼から不意に吹きつけてきた殺気は本物だった。レイシュアはオズウェルドを本気で亡きものにする気なのだと、思考ではなく感覚でようやく理解し焦りと恐怖を覚える。

　殺す、倒す、そうした単語は何度も聞いたにせよ、いくらなんでも実の兄をおのが手で、文字通り殺すなんてことを彼にさせてはならない。やっと取り戻した彼の優しい心が壊れてしまう。

「なんだ。『グラヴィ』はおまえの邪魔をするようだぞ」

　その様子を見ていたオズウェルドがせせら笑うのを聞き、感じた焦りが今度は憤りに変わった。どうしてわからないのだろうという王への怒りというよりも、彼になにも伝えられない自分への腹立ち、歯がゆさのような強い感情がこみあげる。

「そうじゃない」

　伝われ、理解してくれと祈りながら口に出したそのときに、まばゆい光がまるで破裂するかのように一気に広がり、あたりを照らすのを感じた。赤一色に彩られていた部屋が真っ白になるほどの眩し

さに思わずぎゅっと目を閉じる。それからおそるおそる瞼を上げると、自分が首から下げているサファイアがかつてないくらいに強い光を放っているのが見えた。

この石はおまえの心を映す。この石はおまえの心そのものだ。いつか告げられたレイシュアのそんなセリフが蘇る。つまりいま自分はオズウェルドにこうも強く思いを伝えたいと願っているのだと、その光を目にして自覚した。

「……オズウェルド。あんたが王様だというならば、仲間を、ルトナークに暮らす人々を、大事にしてくれ。みんなに安心できる居場所を与えてくれ。誰もが笑っていられる国を作ってくれ」

胸に充ちる持てあますほどの感情で、発した声が震えた。しかしそれに構う余裕もなく、光るサファイアを見つめたまま、熱を持つ心に突き動かされるように言葉を続ける。

「ひとを騙したり、利用して裏切ったり、脅したりしないでくれ。あんたの手に力があると思うんだったら、その力はあたたかい幸福のために使ってくれ。誰も、怯え苦しみながら生きるなんてことがあってはならないんだ。そんな痛みを味わわせないでくれ」

そこで、摑んでいたレイシュアの腕からすっと力が抜けるのを感じたので隣を見ると、彼は珍しくも目を見開き和以の胸もとで光を放つペンダントを凝視していた。驚いたせいなのか先ほどあった殺気は消えている。

サーベルを持つ腕が下りたのでほっとして手を離したら、レイシュアは表情を確認するように和以と一度目を合わせ、それからオズウェルドへ視線を向けこう告げた。

「そうだ。私はしばらく忘れていたんだ。おまえから逃れたのちいくらかのあいだ、私はただ人々に幸福な生活を与えたいと考え動いていた。いつからかおまえを倒すことばかりに頭を占められていたが、もう私の思いは揺るがないし失われることもない」

強い口調で言い切ったレイシュアの横顔は凜々《りり》しく、また、磨きあげられた宝石よりも美しく目に映った。彼の眼差しを追い玉座に視線を移すと、オズウェルドは椅子のすぐ前の床に膝をつき、サファイアの放つ光の眩しさに耐えられないとでもいうかのように両手で顔を覆っていた。

三人の護衛もまた同様にうずくまっているのは、王と等しくサファイアの発する光を受け止め切れないからか。常時オズウェルドのそばにいる彼らはおそらく、ほとんど王に洗脳されているような状態にあり、だからこそ『グラヴィ』の愛を映す光を見ていることができないのだろう。

「おまえにはこの光のあたたかさがわからないんだな、オズウェルド」

そう言ったレイシュアの声に憐憫《れんびん》のようなものが潜んでいたのは、自分の勘違いではないと思う。

「これこそがカズイの持つ愛情だ。優しくまばゆく、美しい。愛は眩しすぎて直視できないか？　そのようなものに、はたして王の資格があるといえるのか」

そんな彼のセリフに呼応するように、今度は部屋に赤い光が充ちた。驚いて胸もとを見ると、確かにいままで青色だったペンダントがまるでルビーのごとき澄んだ赤色に変化しており、ほぼ同時に玉座のほうからなにかが砕けるような硬い音が聞こえてきた。

はっと目を向けると、オズウェルドが首から下げていたルビーが消えていて、かわりにきらきらとした細かな石片が床に散らばっているのが見えた。王の証であるルビーが砕け散ったのだと理解するまでにそう時間はかからなかった。

それまで顔を覆っていた両手を離しておのが胸もとを見つめ、オズウェルドは呆然としていた。彼が零した「私は偽物の王であることさえ許されないか」という呟きは、砕けたルビーと関係があるのだろうか。

玉座の間にしばらくの沈黙が落ちた。そして、和以の胸もとから放たれる光が収まったころに、床に膝をついたままのオズウェルドがようやく口を開いた。

「……嫉妬だ」

彼の声は低く、力ないものだった。先刻までの冷たい余裕はもうどこにも見受けられない。だからなのかレイシュアは口を挟むことなく、無言でオズウェルドを見ていた。

「……私は幼少のころから弟の持つ聡明さと力に嫉妬していた。そうした感情を抱いたまま王となった。よき長であろうと努めたが、四年前のあの日、なにかが壊れてしまった」

少しの間を置きオズウェルドは、やはり弱々しい口調で続けた。

「同時に王の証であるルビーが砂のごとく崩れはじめた。そのころから私は周囲をごまかすために、ガラス玉でこしらえた偽物を身につけていた。そして二週間ほど前、ついにルビーは完全に形を失った。いまの私は王の証を持たぬ偽物の王だ」

想像もしていなかったオズウェルドの告白に驚いた。彼の胸にあるのは代々の王に伝わるというルビーだと信じ疑っていなかったが、そこから嘘だったのだ。

　王の証であるルビーは、オズウェルドが王としてあるべき姿を忘れていくに合わせ崩れて消えた。つまりは和以が持つサファイアと同様にルビーは王の心を映すものであり、彼が王に相応しい心を失ったからこそ石もまた消え去ったということだろう。

　そのかわりとして、『グラヴィ』の持つサファイアが、新たな王の証となるべくルビーに変化したわけか。

『グラヴィ』の愛が放つサファイアの閃光《せんこう》を浴び、オズウェルドを覆っていた冷たく分厚い殻にひびが入り、その中に閉じ込められていた脆くやわらかな身が洩れ出しているようだ。床に膝をつき力なく言葉を紡いでいる王の姿は和以の目にそう映った。

「それでも力があれば、本物の王だろうが偽物の王だろうがどうでもよかった。私には力が必要なのだ。力がなければ私は私を保てない。しかし偽の石さえもがこうして砕け散るとは、私はもはや偽物の王ですらないか、玉座から追われて当然か。私は、なにをどこで間違えた？　この手にあると信じていた力は、所詮、幻だ」

　散らばるガラスのかけらを見つめて眉を歪めるオズウェルドは、レイシュアと同じくいまのいままで、なんらかの理由により心を忘れていたのかもしれない。サファイアの光に照らされ、さらには偽物の王の証を失ったことで、彼もまた、無慈悲なふるまいの裏に封じていた感情を取り戻しつつあるのではないか。先ほどまでとはひとが変わったかのような王の姿を目にしてそんなことを思った。

オズウェルドもむかしは優しく穏やかな王様だったのだといつかレイシュアが言っていた。エルからもそう聞いた。この城で育ったふたりの王子はおそらく、どちらも元来心優しい男なのだろう。その心を兄弟そろって道の途中で忘れてしまったのだ。

床に膝をつく王を見て、またその告白を聞いて思うところがあったのか、玉座の後ろに控えていた三人の護衛は洗脳が解けたように脱力していた。そっと横顔をうかがったレイシュアも黙ったまま複雑な表情を浮かべている。

これまでの暴君としての所業を許すことはできない。しかしオズウェルドが過去を振り返り、自分はなにをどこで間違えたのかと自問できるようになったのならば殺すまでもないのか。レイシュアの美貌に見え隠れしているのはそうした葛藤なのだと思う。

オズウェルドも口を閉じ玉座の間はしんと静まり返った。そののち少しして、まるで計っていたようなタイミングでゆっくりと扉が開いた。はっと目を向けた先には、背後に三人の仲間を連れたエルが立っていた。

要所に金属部品が打ち込まれている黒い革鎧はところどころが切り裂かれており、そうとわかるほど血で濡れ色を濃くしている。後ろに控える仲間も同様だ。返り血なのか自身が傷を負ったのかはわからないが、陽動班としての役割を果たすべく、彼らが相当派手に武器を振り回していたのだろうということはその姿から知れた。

そういえば城の表から聞こえてきていた騒ぎがいつのまにか収まっているなと、そこでようやく気がついた。オズウェルドの兵が何人城にいたのかは見当もつかない、とはいえ内通者が露呈したばかりの緊迫した状況だったので決して少なくはないはずだ。それを、百に充たない数の兵士だけであらかた抑えたというのなら大したものだと思う。

　あるいは城の兵隊は、レイシュアと対峙していたせいで王が檄《げき》を飛ばせなかったからこそ、決意を胸に剣を取ったエルたちの姿を目の当たりにして戦意を失ったのか。森で和以を襲った三人の男のように恐怖心からオズウェルドに仕える兵が多いのであれば、王の命令も届かない状態で、おのが命をかけてまで反逆軍を止めようとは思えないかもしれない。

　レイシュアはエルの姿を認め「無事でなにより」とまず声をかけてから、視線をオズウェルドへ向けてこう指示をした。

「その男はもう王ではない。連れていってくれ、ついでに護衛もだ。とりあえずは西塔の牢《ろう》へ閉じ込めておけばいい。考える時間が必要だろう」

「殺さない、という判断ですか？」

　リーダーの言葉を受けてそう確認するエルに、サーベルを納めたレイシュアは、和以がはじめて聞くいたずらっぽい口調で答えた。

「その男に愛刀を振るおうとすると、私の大切な『グラヴィ』に愛ゆえのお叱りを受けてしまうのでね」

　この男でも軽口を叩くのか、軽口ではなく惚気《のろけ》てみせたのか？　知らないレイシュアの姿についぽかんとしてしまった。エルは肩をすくめて「承知しました」と返事をし、背後の仲間とともにもはや抗う気力もないらしいオズウェルドと護衛を連れ、静かに部屋から出ていった。

　和以を隣へ呼びレイシュアがそのあとに続くと、玉座の間でのやりとりを聞いていたのだろう仲間が階段の左右に直立していた。一安心した、というよりさらに気を引きしめたといった彼らのきりりとした表情に頼もしさを感じる。

　傷を負っているものもいたにせよ、和以の見た限りいつもの顔ぶれは全員そろっているようだったのでほっとした。レイシュアは彼らひとりひとりの顔を順に見て「ご苦労だった」とまずは労いの言葉をかけてから、落ち着いた口調で指示を出した。

「城にいるオズウェルドの配下、兵士も使用人もすべて一階の大広間へ集めてくれないか。まずは身近なものたちと対話をし、いずれは国の民すべての声を聞く。それが、私の思う人々を束ねるに相応しい長の姿だ」

　仲間が口々に、はい、と答えるのを待ち、レイシュアはひとつ頷いた。そののち真っ直ぐ前を見つめ、今度は強い意志を感じさせる声でこう言った。

「私がいまからこの国の新しい王となる。同時にルトナークもまた新しい歴史を刻みはじめることとなる。見ていてくれ」

レイシュアは和以を連れて東塔へ向かい、螺旋階段を上った先にある分厚い扉を解錠した。明らかにあとから取りつけられたとわかるその扉は、レイシュアが使っていた私室へ続く廊下を封じたものだそうで、鍵は使用人から渡された。

オズウェルドは、レイシュアの残した気配を扉の向こうへ閉じ込めてしまわねばならないほどに、弟を忘れたかったのではないか。ふと私室のドアへ視線をやるたびにレイシュアを思い出しては、こみあげてくる嫉妬心にひどく苦しめられた。だから弟がいた空間をおのが目から隠してしまったというわけだ。

二年間留守にしていた以上はさぞかし荒れているのだろうと想像していたが、開けた扉の向こうは埃《ほこり》ひとつなく清潔に保たれていた。おそらくは、鍵を持っていた使用人が、いつレイシュアが帰ってきてもいいようにとこっそり掃除してくれていたのだと思う。

似たようなことを考えていたのかレイシュアはいっとき足を止めてから、和以を促し廊下の奥にある部屋のドアを開けた。かつてのレイシュアの私室だ。

彼が手にしていたランタンを壁にかけドアを閉めると、広い部屋の中が優しく照らし出された。天蓋つきのベッドや戸棚、机などの家具は、レイシュアが城を出た際となにも変わっていないらしい。廊下と同様に使用人が清掃していたようで、室内は綺麗に整えられていた。

ようやくレイシュアとふたりきりになれたなと、静かな部屋の中央に立ってほっと吐息を洩らす。

つい先ほどまでたくさんの人間に囲まれていたため少々くたびれた。

レイシュアの仲間が一階の大広間に集めたオズウェルドの配下たちは、新しい王が述べた、新しい国を作るのだという意志に嘘のない賛同を示した。不服な顔を見せるものはひとりとしていなかった、というよりみな、王として城に戻ったレイシュアの凛とした姿に一様に安堵したような顔をしていた。おそらくはオズウェルドのもとで余程つらい思いをしてきたのだろう。

「ありがとう」

知らない室内を見回していると、背後にいたレイシュアから不意にそう声をかけられた。礼の意味がわからず振り返って彼に視線を向けたら、ひどく穏やかな眼差しで見つめ返された。

「玉座の間で剣を抜いたとき、おまえは、私がこの手で兄を殺せば心に傷を負うと思い止めてくれたのだろう？　優しい男だ。ありがとう」

「ああ……。いや、おれじゃなくて君が優しいんだ。だからその」

「殺すべきだと決めつけていた。しかし命を奪えばそれでよいというものではない。何者であれ心を粗末にしたなら私同様自らを見つめ直す必要がある、私はそれをおまえに教えられた。おそらくまだ私には知るべきことが多くあるのだろう。カズイ、これからも隣にいてひとつずつ教えてくれ」

面と向かって優しい男だなどと告げられ小っ恥ずかしくなりしどろもどろに言い返すと、対して照れも感じていない様子のレイシュアにそう続けられた。つまりこの男は自分に、ずっとそばにいてくれと乞うているのだなと理解し、どうしようもなく胸が熱くなる。

こんなのはもはやプロポーズだ。なんと答えればいいのか少し黙って考えてから、「当たり前だろ」とありきたりな言葉を返し笑ってみせた。こういうときに洒落たセリフを言えればいいのにと思わなくもないが、そんな器用な真似はできないのが自分なのだからこれで構うまい。

そののちに、そうだったと思い出し首に下げていたチェーンに両手をかけた。代々の王に受け継がれてきたルビーが失われ、同じ鉱物であるサファイアがそれをもってルビーと称される赤色に変化したのだから、この石が新たな王の証となったのだと認識していいのだろう。

「これ。多分、新しい王様の証なんだと思う。君が持つべきルビーだ」

「いや、その石はおまえの心を映すものだ。尊いおまえの愛そのものだ。だからおまえが持っていなければ意味がない」

サファイア、だったペンダントを外しレイシュアに渡そうとしたら、優しいてのひらで手首を摑まれ止められた。王の証が欲しくはないのかとついまじまじ見つめたら、今度は彼がふんわりとあたたかく笑った。

「私が王であると認められるのなら、その証はおまえが持っていてくれ。常にそばにいて、おまえの心で私が王に足るものであるか見極めていてくれ。私が欲していた力はおまえが教えてくれた愛情の中にあった、愛情なくして王は名乗れない。その愛を、ルビーを持つおまえと育みたい」

彼が口に出した情熱的な言葉に心を射られた。いよいよまともに声も出せなくなった唇を震わせていると、彼は和以の手首を摑んだままその唇にキスをした。

音を立ててついばみすぐに離れる軽いくちづけだったが、彼の愛情は充分に伝わってきた。それに呼応するかのように湧き出してきた彼への情で胸がいっぱいになる。恋をしている自覚はあった。その恋情はいま恋を超えた愛情に変化しているのだと、おのが身に充ちる深い感動に教えられた。

「暗い目をしていたおまえがはじめて笑ったとき、私は、自身の中にあるなにかを揺さぶられるような感覚に囚われた」

キスのあとの吐息が触れる距離で、レイシュアは和以を見つめ囁いた。

「いま考えればあのなにかは、私が忘れていた心だったのだろう。おまえが笑顔や優しさを取り戻し懸命に私や仲間のために行動する姿を見て、私も同様に感情を思い出した。おまえは私があるべき姿をその言葉や態度で引き出してくれた。おまえがいてこそ私は私であれる。もう失えない」

「……おれは。おれこそ、君のおかげで、ちゃんとおれになれたんだ。それにおれは、だから」

「これから築く幸福な国を、王の証であるルビーを胸に、この城で私とともに見てくれ。そして、みなも自分もしあわせだと笑ってくれ。私はそのためにおまえが与えてくれた力を使う。カズイ、いまなら断じられる。私はおまえを、愛しているんだ」

あまりにも真摯な告白に目が眩《くら》んだ。こみあげてくるよろこびと彼への熱い思いに小さく喘ぐ。それから、自分もこの情熱をきちんと伝えなくてはと、なんとか口を開いた。

「おれも、君が、好きだよ。真っ直ぐで嘘がつけなくて、ちょっと鈍い君が好きだ。心をなくした君を助けたいと願ううちに、いつのまにか好きになってた。おれは、君が本当は優しくて愛にあふれる男であることを、頭じゃなく心で知っていたのかもしれない」

胸のうちをどうにか言葉にするが、うまく表現し切れずにもどかしくなる。そんな和以をレイシュアは間近に見つめ、ところどころで危なっかしく揺れる声を黙って聞いてくれた。

「好きとか嬉しいとか心地いいとかそういうのを全部なくしてたおれを、君が救ってくれたんだ。だからおれも君を救いたいと思ったんだ。おれだって君と一緒にしあわせな国を見たいし、君にもしあわせであってほしい。おれも、君を、愛してるから」

順序もなにもないセリフを頭に浮かぶままつなげ、最後に彼と同じ単語を使ってから口を閉じると、そこでようやく和以の手首を離した彼に優しく抱きしめられた。キスもセックスもしたのに、そういえばこんなふうに抱きしめられるのははじめてだと思いいたり、どうしようもなく胸が熱くなる。

ぎくしゃくと腕を彼の背に回し抱擁を返すと、満足そうに吐息を洩らしたレイシュアが「おまえが愛おしい」と囁いた。先とは少し違う、そしてさらに甘いひと言にますますのよろこびを覚え、幾度か頷いて同意を示す。下手に声を出せば泣いてしまいそうで、そうすることしかできなかった。

胸もとにある石が心に同調し、熱を持っているように感じられた。

ルビーの石言葉は、情熱、仁愛、威厳だ。いまのレイシュアの中にはそうした優しくあたたかく、それから凛々しい精神が息づいている。だからこそこの石は、自分のみならず彼の心をも映し出し、美しく澄んだ赤へと色を変えたのではないか。

「カズイ？」

いくらかのあいだ抱きあったあとそっと腕を離すと、和以にならい抱擁を緩めたレイシュアに顔を覗き込まれた。確かな愛情と情熱を宿したその美しい瞳にいっとき見蕩れたのち、今度は両腕で彼の首に縋《すが》りつきつま先立って軽く唇を吸った。愛おしい、レイシュアが口に出したひと言と同じ感情を自分も抱いているのだと、今度は自らキスすることで伝えられればいいと願う。

和以からくちづけをしたことなどなかったので驚いたのか、レイシュアは幾度か瞬きをした。それからふっと優しく目を細めてキスに応えてくれた。

「カズイ。思いを確かめあいたくはないか」

唇をついばむ合間に彼からそう問われ、セックスしようという意味だと理解した途端に、心から全身へぱっと熱が回った。遠くに漂っていただけの淡い欲情が彼の言葉によりはっきりと形をなし、もう無視もできなくなる。

は、と小さく喘いでから、「確かめあいたい」と小声で答えたら、レイシュアが微かに笑った。先刻浮かべたやわらかな笑みとは異なる、欲をちらつかせた彼のその表情に、身体の隅々までぞくぞくと肌が目覚めていくのがわかる。

レイシュアの形よい唇の隙間に舌を忍び込ませながら、この男のこういう顔は狡いよなと、じわりと冷静さが逃げ出していく頭で考えた。

誰かの性器を口で愛撫するのははじめてだった。卓也にしたこともない。互いに愛情を告げあって過去になく高ぶっていたのだと思う。

まずは自ら服を脱ぎ捨て全裸になってからレイシュアに手を伸ばした。なんとかベルトを外して黒いシャツもボトムもくつろげ、途中で手に触れた小さなガラス瓶はベッドへ投げる。彼は単に戦闘の途中で傷つくことを想定し、オイルの瓶を服に入れてきただけなのだろうが、昨夜セックスに使ったばかりのそれを目にしてみっともないくらいに興奮した。

急いていたせいで相当ぎこちない手つきになった。うまく指が動かず焦れを覚える。それでもレイシュアは手を出さず和以に身を任せていた。とりあえずはおまえの好きにしろということらしい。ならば、昨夜はされるがままだった自分だって彼が欲しいのだと行動で示したい、この感情を彼に知らしめたい。いま、他のいつでもなくいま、そうしなければならないと強く思った。

彼の美貌に嫌悪も不快感も浮かんでいないことを確認してから目の前にひざまずいた。すでに反応しはじめている性器に触れ、おそるおそる唇を近づけて口に含む。

吸いあげながら慣れない舌で懸命に先端や幹との境目を舐めていると、彼はすぐに、完全に屹立《きつりつ》した。男のにおいと味、唇で知るその逞しさに、くらくらするほどの欲情がこみあげた。

こんなものが昨日自分の中に入っていたのか？　知らなかった場所まで貫き抉っていたのか？　改めてそう考えたら、触れてもいない自分まで勝手に勃起するのが見ずともわかった。

「可愛らしいな、カズイ。とても気持ちがいい」

途中でそんなセリフが頭上から聞こえてきたので余計に高揚し、唇も、口に入り切らない部分を擦る手さえもが震えた。当然彼にも伝わっていたろうが、いやらしいなだとか、はしたないなだとかいった言葉で揶揄されるようなことはなかったので、いくらかほっとする。

必死に彼を愛撫していると、しばらくして「もういい」と告げられた。言うほど気持ちがよくないのだろうかと素直に従い視線を上げたら、はじめて目にするぎらぎらとした眼差しを返されたので、ぞくりと鳥肌が立った。

確かに野性じみたオスの顔を見せた、とはいえ昨夜の彼はここまで欲をあらわにする表情は明かさなかった。いまの彼はもうなにを隠すつもりもないし、きっと自分と同じく昨日よりも興奮しているのだろう。

唇を離した和以の腕を摑んで引っぱり起こし、レイシュアは、やや強引な手つきでベッドへ追いやった。相手を雑に扱いたいわけではなく、彼もまた逸っているのだということはわかった。

「後ろからしても？」

中途半端にくつろげていた服を脱ぎ捨て和以のあとからベッドに乗ったレイシュアに、きっちり目を合わせてそう問われた。ここで確認するところはやっぱりレイシュアらしいと思いつつ頷いて返すと、彼の手でうつ伏せにされすぐに腰を上げさせられる。

「……レイシュア。ちょっと、恥ずかしい」

　尻だけを差し出すあまりに露骨な姿勢を取らされていることを自覚し、小さな声で訴えた。しかし、昨夜と同様にオイルを塗りつけられ間を置かず指を挿し入れられて、感じた羞恥はあっというまに消えた。

「あ……っ、は、待っ、て」

　そうも性急に事を進められたらさすがに痛いだろうと一瞬緊張はしたが、昨日彼を受け入れたばかりの場所は、和以の怯みを無視するかのように簡単に開いてしまう。そんなみだりがわしい自分の身体にうろたえ僅かに身じろいでも、レイシュアは手を止めようとはしなかった。

「ふぅ、ああ、なんで……っ。おれの、か、らだ、変だ。広がって、る」

「昨夜もここで交わった。覚えているだろう？　おまえの身体はもう私になじんでいるよ」

　覚えているだろうと言われた途端に、確かに覚えている昨夜の行為を意識でというより感覚で思い出した。あのときに感じた目の回るような愉悦が蘇り、唇から勝手に熱い吐息が零れていく。

　深くを突かれ掻き回されて何度も達した。射精の伴わない絶頂には終わりがなく、苦しいくらいの快楽に泣いた。彼はどこまで入っていたのか、どんなふうに動いたのか、ひとつひとつの記憶がはっきりしていくと同時に、指では届かない場所がたまらなく疼きはじめる。

　欲しい。この男から与えられる、あの快感が早く欲しい。

「レイシュア……。はぁ……っ、も、入れて、くれ。奥ま、で、広げて……っ」

　膨れあがる欲望を抑えられず枕に縋りついて乞うと、彼はいたずらには焦らさず指を抜き、オイルで濡れた場所に性器の先端を押し当ててきた。先ほど唇で触れた太くて硬いものでたっぷり中を擦りあげてもらえる、そんな期待で全身が火照る。

「入れる。少し力を抜いてくれ」

それがわかったからかあるいは余裕がなかったのか、レイシュアは今度は問うのではなくそう言い切って、昨日はゆっくりと進めた腰を使い一気に押し入った。

「ああ！　あ……ッ、だ、め、あ……ッ！」

身構える前に根元までずっぷりと突き立てられ、甲高い悲鳴を上げた。すでに高ぶっていた身体がいきなり襲われた衝撃にびくびくと戦慄き、頭の中が一瞬真っ白になる。

「入れただけでいったのか。カズイ、気持ちがいいんだな」

背中から聞こえてきた彼の声に、自分があっというまに達してしまったことを知らされた。射精をしたという感覚はなかった。彼にはじめて教えられた愉悦は昨日より強く鮮烈で、指先やつま先まで広がっていく震えを止めることができない。

「ひ、や、め……っ、て！　あ、あ、いって、る、から……！」

絶頂に溺れている身体を休ませる間も与えられず、そのまま、最初から激しく揺さぶられて泣き声を洩らした。薄まるどころかますます高まる悦楽に恐怖を覚え、もがいて逃げようとしたが、両手で腰をがっしりと摑まれてしまえば叶わない。

「あぁ……っ、あ、あっ、う……、無理……、む、り……っ。やめ、て」

「やめてやれない。それは私が無理だ」

　意味もなく枕を引っ掻きながら啜り泣いても、レイシュアの律動は止まらなかった。完全に目覚めひくひくと痙攣している内側を、深く、浅くと掻き回されて、快感のあまり次々とあふれ出す涙が枕を湿らせていく。

　昨日とは違う獣じみたセックスに、抑え切れないのだろう彼の熱情を肌で伝えられているような気がした。昨夜は惹かれているのかもしれないと言った、今日は愛していると告げた。愛情を自覚し言葉にして確かめあい、自分のみならず彼もまた高揚しているのだと思う。

　動きを緩めることなく突きあげられ続け、一度極めた身体もまた達し続けているような感覚に陥った。まともに呼吸もできない胸を喘がせなんとか息を吸っても、ぐっと奥まで刺し貫かれるたび嬌声《きょうせい》になって唇から散ってしまう。

　気持ちがいい。信じられないくらいに気持ちがいい。教え込まれる快楽があまりにも強すぎて、苦しい。

　射精もできない恍惚に翻弄されて頭がおかしくなってしまいそうだった。昨日と同じように時間の経過に麻痺していく。もうどれだけのあいだ揺さぶられているのか、途中からはまったくわからなくなった。

「もう……っ、はぁっ、おれ、こわ、れ、る。出したい……、出し、た、い……っ」

　延々と続く絶頂感で意識が完全に遠のいてしまう前にと、途切れ途切れに訴えた。自分の耳に聞こえる声が愉悦に濡れ震えているのは自覚できたが、みっともないだとかあさましいだとか、いまさらそんなことを考えられる状態にはない。

「出せばいい。自分の手で出せるだろう？」

激しい律動はそのままレイシュアはそう答えた。昨日は擦ってくれたのに今日は触れるつもりはないらしい。自ら性器を摑んで射精する和以が見たい、嘘もなく行為に溺れている姿を確かめたいということか。もはやろくに働いていない思考でもそれは理解できた。

背で聞く彼の声がひどく熱っぽい。昨日はもっとずっと冷静だったレイシュアは、いまはそんなものはかなぐり捨てているのだろう。興奮も快感もなにひとつ隠そうとしていない彼の声色にあおられて、ますます興奮した。

出させてくれと乞う余裕もなく、言われた通りにかたかたと震える右手で自分の性器を握りしめた。擦るまでもなくそれだけで、慣れた予感が一気にこみあげてくる。

「は……ッ、出る……、も、あ……っ」

「私も出る。カズイ、一緒に」

「はぁっ、は、やく、来て……っ、出し、て……！　あ、も、駄目、あ……！」

さらに荒っぽくなるレイシュアの動きを受け止め切れず、彼を待とうと思う前に、中から押し出されるように自分の手へ体液を放った。射精の衝撃で全身が硬直し、ぎゅっと瞑った瞼の裏がちかちかと明滅する。

その数秒後に、過敏になっている内側で彼の性器が脈打つのを感じた。

「あぁ……、レイシュア、の、出て、る」

身体の中に注ぎ込まれる感覚は昨夜よりも強いよろこびをもたらした。彼の欲望で、それから愛情で深い場所まで充たされているのだ、そんなふうに思いたまらなく嬉しくなる。

数度、腰を使って奥へと出し切ろうとする彼の動きに同調するかのように、自分の性器が震えて欲の証をすっかり吐き出そうとしているのがわかった。呼吸を止めてしばらくは深い快楽を味わい、それから大きく息を吐くと、脱力した和以に合わせ彼が性器をゆっくりと抜いてくれた。

あふれ出した彼の精液がどろりと内腿を伝い落ちるのを感じ音もなく喘いだら、覆いかぶさってきた彼に背中から抱きしめられた。もうどちらのものなのかもわからない汗で肌が密着し、過去には覚えたこともないような安堵で胸がいっぱいになる。

「……ん、駄目……、指」

まだ敏感になったままの中に長い指を挿し込まれ、自分でもそうとわかるほど蕩けた声で言うと、「もっと欲しい」と返された。その短いセンテンスでの要求が彼の情熱をはっきりと映すものだったので、今度は息苦しいくらいの愛おしさが湧きあがってきた。

この男はまだ自分を欲しているのだ。もっと味わいたい、恍惚を分かちあいたいと思ってくれるのだ。それほどに彼は自分と交わすセックスに夢中になっている。なぜならそこに、重なる素肌で実感する互いへの確かな愛があるからだ。

「顔を、見ながらなら、いいよ。君が見たい」

嬌音を上げ続けて掠れた声で、優しくそう告げた。絶え間ない絶頂に襲われていた身体は疲れていたし、いやだと拒否することもできたが、もっと欲しいというのならば自分の気持ちも同じだった。

レイシュアはすぐに和以を仰向けにひっくり返し、ためらいもなく覆いかぶさってきた。ようやく真っ直ぐに見つめあった彼の瞳は欲と愛できらめいていて、ああ美しいなと、もう何度目になるのか見蕩れていた。

なにかを言う前に脚を押さえ込まれ、間を置かず性器を挿し込まれた。たっぷり注がれた彼の精液があふれる、ぐちゅ、という音が聞こえてきて、あまりのいやらしさに顔が熱くなる。

ついいましがたまで掻き回されていたその場所は、あっさりと彼を受け入れすぐになじんだ。いったんは落ち着いた身体にじわりと快楽が蘇り、唇から熱い吐息が洩れる。

「ふ、う……、きみ、の、まだこんなに、硬いの、か」

「好きだ。愛おしい。離さない。そばにいてくれ」

根元まで押し入ってから動きを止め、そこで彼は、感情をそのまま声にしたような単純な言葉をいくつか連ねた。口説くというのではなく、心の中に留め置けないほどの強い思いをただ素直に告げているのだろう彼の様子に、こういうところは可愛いよなと考え胸があたたかくなる。

「愛してるよ」

つながる部分から全身に広がっていく快感で、返す声は震えた。笑おうとした顔もまた情けなく歪

んでいたかもしれない。その和以を見つめレイシュアは口に出した通り愛おしげに微笑み、唇に優しくキスをしてからゆっくりと腰を使いはじめた。

そういえばセックスの最中にくちづけをされたのははじめてだと、そんなことにいまさら気づいて妙に感動する。

「カズイ。愛しているんだ。愛している」

「はぁ……、レイシュア、好き……。ああ、気持ち、いい……っ」

目を閉じて、ゆるゆると穏やかに高まっていく悦楽に身を委ねた。このよろこびが彼の、そして自分の愛の証明なのだと思った。

新しい王を迎えた城内の慌ただしさも大分収まった数日後、レイシュアは和以とエル以下仲間たちを連れ城下町を見て歩いた。町にはすでに城での出来事は周知されていたようで、レイシュアを歓迎し口々に感謝の言葉を述べては深く頭を下げる人々の姿が認められる。

彼がみなにすっかり受け入れられている様子を肌で感じ、隣を歩く和以までなんだか誇らしい気分になった。この男こそが国の平和を心から願いそれを現実にするだろう立派な王様なのだ、そして後ろに続くのが彼を信じついてきた頼もしい仲間なのだと、もっとあちこち引っぱり回して自慢したくなる。

　そういえば反逆軍のアジトへ連れ込まれたときに、レイシュアは和以を仲間全員に引きあわせ、顔と名前を覚えさせたなとふと思い出す。彼にとってはこうしてひととひととが実際に顔を合わせる行為が、互いに信じあえる関係を作ることへの第一歩なのかもしれない。

「オズウェルドはもう改心した、と言ってもいいでしょう」

　城下町を歩く道中、ここ数日幾度も西塔の牢を訪れ様子を見ていたエルがレイシュアに状況を説明した。それによると、オズウェルドはエルに、権力から遠ざかる、もうこの国にいる資格はないので財産も手放し国外へ去ると自ら申し出たらしい。

『グラヴィ』の持つサファイアの光に照らされて、かつては優しく穏やかな王だった彼は当時の心を取り戻したのかもしれないと、エルの言葉を聞きながら無言で考える。おまえの心を映すのだとレイシュアが表現した、いまはルビーへと変化した石には確かに、誰かの気持ちを揺さぶるだけの影響力があるのだろう。

「オズウェルドはなぜ変わってしまったのか。四年前のあの日なにかが壊れたのだと言っていた。あの日とはなんだ」

　ひと通り町を見て回り城へ戻る途中、一度はエルの報告に頷き以降黙っていたレイシュアがふとそう呟いた。エルは「あなたに嫉妬していたからでしょう。劣等感というものは怖いんです」と軽く前置きをしてから、レイシュアの疑問に答えた。

　四年前のあの日とは、オズウェルドが大国との外交でミスを犯しレイシュアがフォローして事なきをえた日のことを指すのだという。大事にならなかったのになにが問題なのかといった顔でレイシュアがエルを見ると、彼は肩をすくめて半ば呆れたように「あなたにはわかりませんか」と言った。

「レイシュア様のおかげで助かりましたね、頼りになる弟君でよかったです」

「……なんだそれは」

「オズウェルドの世話係が王にかけた言葉ですよ。オズウェルドはそれを、四年たったいまでもはっきり覚えているんです。密かに妬んでいる弟に助けられたことが、それだけ屈辱だったのでしょう。世話係のそのセリフで長年抱えていた劣等感に火がつき、王はひとが変わってしまった」

　エルが続けた説明に眉をひそめ、レイシュアは無言でなにかしら考えている様子を見せた。それから、表門より城壁の中へ入ったところで足を止め、エルに目を向け「わからない」と告げた。

　なるほど、知恵や力に恵まれている彼には、誰かに対してひとが抱く嫉妬心が理解できないのか。そうしたものは一歩間違えれば燃えさかる炎のように残虐で、だからこそ強い力になると、他人を妬んだことのないこの男は知らないのだろう。それゆえに人間の醜さに対する洞察力がちょっと足りないまま生きてきたのだなと思った。

「私は弟より劣ると言いたいか。あんなものがいなくても私は強い、私には力がある。オズウェルドはそう言って世話係を折檻《せっかん》し投獄してしまったのだとか。それまで世話係とは親友のように仲がよかったそうなので、その言葉が余計心に刺さったのでしょう。これは、牢にいた世話係本人に聞きました」

わからないならしかたがないとでもいいたげな顔をして、レイシュアと向かいあいエルは丁寧に詳細を述べた。ひとの感情の機微には疎くともこの男は言えば真面目に聞くのだから、疑問を抱いているというのならそうしていちいち教えてやったほうが、今後国を仕切っていく王のためになると考えたらしい。

エルの言葉をまとめると、その一件以降オズウェルドはひとを道具としか思わない暴君と化し、一年ほどで国には完全な独裁政治が敷かれるようになったのだという。それが三年前、そして二年前に見るに見かねた弟が正論をぶつけたことで、劣等感は殺意に変わった。

弟への嫉妬心や親密にしていた世話係を傷つけた罪悪感を消すためにも、オズウェルドは残酷な王にならざるをえなかったのだ、とは思った。私には力がある、そう言い切ったからには事実力を持たねば彼は足場を失ってしまう。

力があれば何事もおのが思い通りにできる。誰の意思も命さえも自由に扱えるしいつでも奪える、それが権力というものだ。先日レイシュアを前に玉座の間でオズウェルドはそんなことを言っていた。その価値観が、ここまで歩んできた道で得た彼にとっての真理なのだとあのときは考えたが、実際は少し違うのかもしれない。

得た、というより彼は、それを真理にしなければならなかったのだ。絶対的な権力を手にし、振りかざしていなければ、オズウェルドは劣等感や罪の意識で潰れてしまうのだ。彼は暴君になりたくてなったのではなく、なってしまった、というわけだろう。

「オズウェルドと世話係の一件は私も知りませんでした。きっと王は、屈辱であったからこそひとに知られたくなかったのでしょうね。ちなみに王がつけていたガラス玉は、すっかり彼を恐れるようになった世話係が作ったものです。獄中にあれば口外できませんから」

「ルビーを模したガラス玉、すなわち偽の王の証か。なぜ真の王の証であるルビーは砂と崩れ消えたんだ」

「オズウェルドが王に相応しくないからではありませんか？　王の証は彼を王と認められなくなった、だから消えたんです。そのかわりに、新たな王の証となりうるサファイアを身につけた和以がこの世界に現れたのでしょう」

続けて語られたエルの見解は、王族に力をもたらすと伝えられる『グラヴィ』は、単に力を授けにくるというよりも、王族になんらかの異変が起こった際に呼び寄せられる存在なのではないかというものだった。過去どのようなときに『グラヴィ』が現れたか、王族に伝わる話をレイシュアから聞いた限り、そう考えるのが妥当だそうだ。

そして今回は、王に代々受け継がれるルビーが失われたため、すなわち王の座に王たるべきものがついていないため、人智の外にある力に呼ばれて和以がルトナークへ現れた。

サファイアとルビーは混入物が違うだけの同じ鉱物だ。要するに自分は、消えたルビーのかわりとなりうるサファイアを持っていたからこそこの世界へ呼び寄せられた、というのならエルの言うことは正解に近いのかもしれないと納得した。

　数日前に色を変えた石はいまも和以の胸もとにある。やっぱり王様が持っていたほうがいいとあのとき以降何度か渡そうとはしたが、おまえが持っていなければ意味がないとくり返すだけでレイシュアは受け取らなかった。

　現在はこの石がオズウェルドの代で失われたルビーにかわる王の証となった、エルもそう認識しているのだ。ならば石を預かるものとしてしっかり守らなくてはと、首からチェーンで下げた赤い宝石をそっと握って考えた。

　王が愛を見失えば、その証は再び砂のごとく崩れ消えてしまうに違いない。だからルトナークの王様となったレイシュアが二度と心を忘れないように彼を大切にしよう。つらいときも哀しいときもずっとそばにいて、誰もがしあわせだと笑える世界を作り出すべく努める彼を、助けよう。それがひいてはルトナークとそこに暮らす人々を大事にすることにもつながるのだ。

「今回この国を訪れた『グラヴィ』は、愛をもっての力があると伝えるものであり、また同時に、王の選定者的なものでもあるのだと私は考えます。単にサファイアを持つからという理由ではなく、選定者に適した存在としてカズイが選ばれたのでしょう」

　エルがそう続けると、レイシュアはちらと和以に眼差しを向け、ひとつ頷いてから視線を戻し同意を示した。

「なるほど、その通りだろう。王の証であるルビーは姿を消す際に、王たりうるものを見定める目を持つカズイを選び出しルトナークへ呼んだということだ」

「はい。なにせ愛によって発揮される力をもたらすものですから、『グラヴィ』は心に愛持つものを王として選定する必要があります。そのためには『グラヴィ』自身が愛を理解していなければならない。本人がどう思おうと、カズイは内在的に愛のなんたるかを知っていたわけです」

エルの言葉に、それは買いかぶりではないのかと言いたくなったが、本人がどう思おうと、と先に告げられてしまえば否定したところで詮ないだけなので口に出せなくなった。なにより、レイシュアは王様に相応しいと信じている自分の目を疑うなら、レイシュアの王としての器をも疑っているという意味になるのだから、ますます頷く他なくなる。

自分は王様の選定者なんてご立派な存在ではないと思う。なにせ利用され裏切られたあげく絶望し死のうとした軟弱な男だ。少なくともあのころは愛なんて信じられなくなっていた。

ただ、いっときは心を忘れていたレイシュアがそれでも忘れなかった優しさ、つまりはひとの上に立つものが持っているべき愛情のかけらを見つけたからこそ自分が彼に惹かれた事実を、王を選んだ、と表現するのであればエルの言う通りなのかもしれない。そして、ゆえにふたりで確かな愛を摑み取り力とすることができたのだとしたら、単純に嬉しい。

自分とレイシュアはどちらかがどちらかに愛を伝えたというのではなく、無意識のうちにも教えられ、教え、互いに学びあったのだ。胸に愛と理想を抱け、自分と思いを重ね愛情の手触りを知ることで彼はそうした真理に辿りついた。ならば自分が『グラヴィ』としてこの世界へ招かれたことには意味があったし、愛を交わす相手がレイシュアでよかったと、改めてよろこびを噛みしめた。

「ああそれから、アジトに閉じ込めていた三人の兵士は、キースが一度洞窟へ戻り解放しました。彼らはレイシュア様が新しい王となったことを知りほっとしていたそうですよ。マルコットを含め、内通者であることが露見し拷問を受け負傷したものたちは、現在、城で手当てを受けています。いずれ回復するでしょう」

最後にそうつけ加えたエルに頷き、レイシュアは先に立って見張りの兵が開けた扉から城内へ足を踏み入れた。彼の後ろに続き見渡した城の中は、はじめて訪れた日より華やいでいるように感じられた。

壁や天井に施された彫刻も、規則的に配置された廊下や階段の造りも、あのときより美しく目に映る。それはきっと、いまこの城の玉座には愛する王様がついているのだという認識がもたらす自分の変化なのだと思う。

城に戻ったレイシュアが向かった一階の大広間には、すでに数十の人々の姿があった。新たな王が急遽《きゅうきょ》オズウェルドの配下を招集した数日前とは違い、今日はきっちりと椅子が並べられており、そこに腰かける人物たちはみなルトナークの正装なのだろう形よい上衣を身につけている。見る限り生地は上等だ。

エルによれば彼らは、レイシュアの指示により各地から集まってきた官僚とその部下たちなのだという。暴君の一方的な支配から解放されたからなのか、彼らは晴れ晴れとした表情で近くのものと談笑していた。

　レイシュアが姿を見せるとその談笑がやみ、大広間は一瞬静まり返った。それから官僚たちは次々に立ちあがってレイシュアに深く一礼した。そんな彼らの態度からは新しい王への期待と信頼感がうかがえた。

　おそらく官僚たちは聡明で優しい王子だったレイシュアを覚えていて、だからこそ彼に望みを抱いているのだと思う。

「いや、いい。普通にしてくれ」

　レイシュアはいつか洞窟でも聞いたセリフを告げて、官僚たちが座り直すのを待ち自身も彼らと向かいあう位置にある椅子に腰かけた。エルに促されこっそり大広間の端に立って見た彼には確かに王の風格があり、いまさらながらに惚れ惚れするような頼もしさを感じた。

「私が新しい王となりこの国を立て直す。今日のところは顔合わせと、意思の確認ができればいい。経験の足りない私では至らぬ点もあるだろう、だから助言を頼む。意見のあるものは言ってくれ、納得するまで話しあいともにルトナークをよき国としよう」

　レイシュアの言葉に官僚たちはまず一様に驚いた顔をし、そののち口々に、はい、と答えた。助言を頼む、ともにルトナークをよき国としよう、暴君と化してからのオズウェルドは決してそんなことは言わなかったろう。彼らは聞き慣れないセンテンスを口に出した王にびっくりして、それから彼の言わんとするところを理解し安堵したに違いない。

レイシュアは官僚たちの返事に頷き、はじめに現状を説明した。彼が、オズウェルドが自ら王族としての権力や財産を手放し国を去ると申し出たことを伝えると、大広間が僅かにざわついた。四年のあいだ横暴な王としてふるまってきた男がそうも殊勝な意思表示をしたのだと聞かされれば、数日前にあった玉座の間での出来事を知らないものなら意外に感じるのも無理はない。

またレイシュアは、ルトナークがオズウェルドに私物化されていた状況を利用して密かに私腹を肥やしていた、幾人かの心ない官僚については国外追放とし、かわりにこの二年間陰でレイシュアを支えてきた協力者たちを新たな官僚として迎えたことにも言及した。それについて反対意見は出なかった。オズウェルドの下で苦労してきた彼らにも、腐った政治で甘い汁を吸っていたものに対し思うところがあったのだろう。

「私は風通しのよい国を作りたい。現在のルトナークを立て直すには、民が各々の意見を自由に主張しそれを我々が聞き入れ議論できるような土壌が必要だ」

ひと通りの説明を終えてから少しの間を置き、レイシュアは、決戦の前に仲間にも告げたおのが意志をはっきりとした声で述べた。いってしまえば青くさい理想なのかもしれないが、決意を語る若き王の姿は和以のみならず誰の目にもまばゆい希望として映ったはずだ。

王が権力を振りかざし人々を独裁的に支配するような異常な状況は、過去のものとして早急に取り払わなければならない。これからは互いに敬意と愛情をもって対話することにより、王と官僚、国民とがともに成長していける環境を作りたいと考えている。淡々としているようでいて、しかし確かに熱意を感じさせる口調でそう続けたレイシュアを見つめ、彼こそが新しい王に相応しい男だと改めて思った。

オズウェルドへの殺意のみに囚われおのが行動の意味を見失っていた彼はいま、確かに真の目的に向かって真っ直ぐ歩きはじめている。彼の目にはあるべき未来が映っており、その手には愛をもってこそ生まれる力もある。自分が、そうした現在の頼もしい彼を形作る一助になれたのであれば、これほどさいわいなことはない。

「今後のルトナークを、無理な納金を要求せず一方的な兵役を課さず、国民がいきいきと生活することで経済が回る国にしたい。また、外交を正常化し、他国との有意義な関係性を取り戻せるよう努める。賛同してくれるのであれば助力を願う」

最後にそう告げてレイシュアが口を閉じると、賛成します、協力しますといった肯定的な声がいくつも聞こえてきた。誠実で曇りのない王の言葉にはひとの心を打つ力がある、少なくとも和以にはそう感じられた。酸いも甘いも知るものでさえあまりにも清い王を迎えればただ単純に、力になろう、信じようと決意するのだと思う。

「清廉で、よき王です。澄んだ空のごとく美しい」

隣に立つエルが小声でそう言ったので目をやると、彼はいつになく充ち足りた笑みを浮かべレイシュアを見ていた。

「これが彼のあるべき姿です。最初は絵空事に聞こえるかもしれません、しかし彼にはそれを現実にする力があります、そしていまようやく力を発揮できる場に辿りついた。我々はこの日が来るのを夢見てレイシュア様についてきたんですよ」

　エルの視線がこちらに向いたので、声にはせず頷いて返した。彼をはじめとする二十人の仲間にとって、レイシュアとともにすごした日々は決して楽なものではなかったろう。敵に追われ命を狙われ続け、のみならずレイシュアをかばい死んでいったものもいると聞いた。だからこそ彼の王としての姿を前にしてエルは心からの嬉しさを感じ、また満足してもいるのだ。

　そのとき不意にレイシュアから「カズイ」と声をかけられたので、はっとして彼に目を戻した。堅苦しい会合ではなくとりあえずの顔合わせと意思確認のために官僚を集めただけだそうだが、まさかこんな公式の場で名を呼ばれるとは考えていなかった。

　軽く手招かれておそるおそる近寄ると、レイシュアはてのひらで和以を示し、広間に集まる人々に向けてこう言った。

「彼は『グラヴィ』だ。ルトナークの人間ならば、異世界から国に宝物を運んできてくれる『グラヴィ』なるものがいると聞いたことがあるのではないか？　紹介しよう、名をカズイという。彼は王の証であるルビーを所有している。つまりは王である私とその証を持つ彼はふたりでひとつだ、どうか大切にしてくれ」

　思わぬなりゆきとレイシュアのセリフに目を白黒させていたら、新たな王はそんな和以に優しく笑いかけてそっと手を握った。この男は人前でなにをしているのだと焦る和以には構わず、彼はそれまでとは異なる穏やかな声で続けた。

「私はカズイから、愛情の持つ美しさと強さを教わった。私にとってはカズイそのものが命つきるまでそばにいる宝だ」

彼は『グラヴィ』を人々に紹介しているのと同時に、自分へ愛を囁いているのだなということはわかった。ふたりきりのときならばともかく、国の中枢をなすものたちが集まる中で、そうも熱い告白を聞かされるなんて想定外だ。

さすがに大広間に並ぶ官僚たちには目を向けられぬまま、ひとつ大きく息を吸って、吐いて、こちらを見ているレイシュアを見つめ返した。驚きのあとに襲ってきたのは、ただただ純粋なよろこびだった。

ふたりでひとつだ、命つきるまでそばにいる宝だ、彼が紡いだ言葉に泣きたくなるほどの幸福感を覚えて目が眩む。抱きしめてキスしたくてもこんな場所ではできないし、心に充ちるしあわせが大きすぎて声も出ないので、かわりに軽く手を握り返した。

そうだ、ふたりでひとつだ、命つきるまでそばにいよう。自分にとってもレイシュアは、他にはかえがたい宝物なのだ。

あとがき

こんにちは。真式《ましき》マキです。拙作をお手に取っていただきありがとうございます。

今回は、直球の異世界トリップものにチャレンジしてみました。みなが収まるべきところに収まる気持ちのよいラストを意識し頑張って書きましたが、どうだったでしょうか。

壱也《いちや》先生、このたびは素敵なイラストをありがとうございました！　格好いいレイシュアや和以《かずい》、エルたちの姿に感激いたしました。嬉しさで胸がいっぱいです！

また、担当編集様、丁寧なご指導をありがとうございます。ご迷惑をおかけしてばかりですが、今後ともよろしくお願いいたします。

最後に、ここまでお目を通してくださいました皆様へ、心よりの感謝を申しあげます。よろしければ、ご意見、ご感想などお聞かせいただけますとさいわいです。

それでは失礼いたします。またお目にかかれますように。

真式マキ

この本を読んでの
ご意見・ご感想を
お寄せ下さい。

〒151-0051
東京都渋谷区千駄ヶ谷4-9-7
(株)幻冬舎コミックス　リンクス編集部
「真《ま》式《しき》マキ先生」係／「壱《いち》也《や》先生」係

リンクス ロマンス

青《あお》き王《おう》子《じ》は孤《こ》独《どく》な蒼《そう》玉《ぎょく》と愛《あい》を知《し》る

2020年8月31日　第1刷発行

著者……………真《ま》式《しき》マキ
発行人…………石原正康
発行元…………株式会社　幻冬舎コミックス
〒151-0051　東京都渋谷区千駄ヶ谷4-9-7
TEL 03-5411-6431（編集）
発売元…………株式会社　幻冬舎
〒151-0051　東京都渋谷区千駄ヶ谷4-9-7
TEL 03-5411-6222（営業）
振替00120-8-767643
印刷・製本所…株式会社　光邦
検印廃止

ISBN978-4-344-84701-9 C0293
Printed in Japan

幻冬舎コミックスホームページ　https://www.gentosha-comics.net